ein Ullstein Buch

ein Ullstein Buch
Nr. 20449
im Verlag Ullstein GmbH,
Frankfurt/M – Berlin – Wien

Ungekürzte Ausgabe

Umschlagentwurf:
Theodor Bayer-Eynck
Mit Genehmigung des Signal Verlag
Hans Frevert, Baden-Baden

Printed in Germany 1984
Gesamtherstellung:
Ebner Ulm
ISBN 3 548 20449 X

Februar 1984
13.–17. Tsd.

CIP-Kurztitelaufnahme
der Deutschen Bibliothek

Bruckner, Winfried:
Tötet ihn: Roman / Winfried Bruckner.
Hrsg. u. mit e. Nachw. von Herbert W.
Franke. – Ungekürzte Ausg. –
Frankfurt/M; Berlin; Wien:
Ullstein, 1984.
(Ullstein-Buch; Nr. 20449:
Ozean. Bibliothek)
ISBN 3-548-20449-X
NE: GT

Winfried
Bruckner

Tötet ihn

Roman

Herausgegeben und
mit einem Nachwort von
Herbert W. Franke

Ozeanische Bibliothek
1984

Anna soll einen Menschen töten!

Drei Meter über Annas Kopf flimmerte grau und weiß der Himmel der Werkhalle C 66, genannt die Puppenabteilung. Es war kein richtiger Himmel; ein riesiger, gewölbter Fernsehschirm, aber man hatte sich an den Ausdruck Himmel gewöhnt, und man starrte hinauf, wenn die Finger wie gedankenlose Ameisen ihre Arbeit verrichteten. Früher war dieser gläserne Himmel azurblau gewesen, blendend blau, mit weißen Wölkchen darauf, die träge wie Segelschiffe dahinzogen. Das war allmählich fad geworden, und man hatte einen See installiert, blaues Wasser über den Köpfen der Arbeiterinnen, Schwäne zogen vorbei, senkten die langen Hälse, tauchten die Köpfe ein, schwammen weiter, zuerst ewige Wolken, dann ewige Schwäne, dann hatten die Techniker Späße ersonnen und tagelang den Schirm ausgeschaltet. Einmal hatten sie eine weiße Kleiderpuppe auf die Glasdecke gelegt, von unten hatte es ausgesehen, als liege eine halbnackte Frau dort und spähe auf sie herab, da hatten die Mädchen die Köpfe zusammengesteckt und gekichert. Und einmal war ein riesiges, häßliches Tier da oben gewesen, eine Art fette Ratte, die ihre Kreise zog. Die Produktion war dadurch gestört worden, und man hatte sich entschlossen, sofort das Fernsehprogramm auf der Decke zu zeigen. So hatte man sich daran gewöhnt, zwischen schießenden Detektiven und Reitertrupps zu leben, zwischen Damen, die neue Kleidung vorzeigten, und Männern, die Reden hielten, man nahm sie als lebendig, und manchmal schrie man etwas zu ihnen hinauf, oder man grüßte sie am Morgen wie alte Bekannte.

Anna war neunzehn, und ihre Finger waren flink, sie reagierten blitzschnell auf die Signale des Fließbandes: den grünen Knopf drücken, wenn das Licht aufleuchtete, den roten Knopf, wenn ein Klingelzeichen ertönte. Das Band lief manchmal rascher und manchmal langsamer, es kam vor, daß sich Licht und Klingelzeichen fast deckten, und gelegentlich wurde man vom Band in das Revier der Nachbarin hineingetrieben. Dann lächelten die Mädchen sich flüchtig zu, ihre Augen trafen einander, man sagte atemlos etwas, was keiner verstand, und blinzelte hinüber zum Glaskasten des Kontrolleurs, der sich gemächlich drehte, immer im Kreis, um die gesamte Halle überblicken zu können.

Wenn das Band gemächlicher lief, stellte sich Anna manchmal vor, sie sitze am Rande eines kleinen Flusses und unter ihr wären Fische, ein Knopfdruck, und sie hatte einen silbrigen Fisch an der Angel, noch ein Knopfdruck, ein zweiter Fisch. Natürlich ließ sie die Fische wieder los, aber es war gut, an Wasser zu denken, an ein leises Plätschern der Wellen, und fast konnte man den Geruch des Baches spüren, ein wenig brackig, den Geruch von Erde und Tang.

Annas Augen waren um eine Spur zu groß geraten und standen ein wenig schräg über den starken Backenknochen, meist war sie traurig darüber, weil sie sich dadurch von den anderen Mädchen unterschied, die man irgendeinmal spöttisch Puppen genannt hatte. Sie hatten alle die gleiche Art, sich anzuziehen, die Lippen nachzuschminken, den gleichen wiegenden Gang und das gleiche Lachen. Es kam häufig vor, daß jemand etwas sagte, und dann antworteten zehn Mädchen das gleiche, zwitscherten »reizend« oder fuhren mit der gleichen Gebärde durch ihr Haar. Sie trugen das Haar kurz unter ihren silbrigen Kappen, aber alle paar Monate kam die Meinung auf, langes Haar sei schöner, und dann schrieben sie um Erlaubnis, das Haar lang tragen zu dürfen, erhielten ihren Bescheid und trugen es lang. Ben von der D 3 hatte einmal verächtlich gesagt, seine Augen könnten die Mädchen nicht mehr auseinanderhalten, und eines Tages werde es vorkommen, daß einer von den Männern, die abends vor der Fabrik warteten, eine Woche lang die falsche Frau nach Hause nähme, und niemand würde es merken. Aber Ben hatte auf seiner Lochkarte einen scharfen Verweis gefunden, solche Redensarten verstießen gegen das Grundgesetz, alle Menschen seien gleich vor dem Staat und vor der Partei, warum also sollten sie nicht gleich aussehen und falsche Vorstellungen von ihrem Charakter vermitteln, durch eine besondere Betonung eines Mundes oder einer Nase? Ben hatte bald darauf in der Kantine versichert, man müsse ihn falsch verstanden haben, er finde die Mädchen alle gleich hübsch, und da sei doch nichts dabei, oder? Und die Mädchen hatten gekichert, aber Ben war bald darauf versetzt worden.

Am Abend, wenn sie zehn Minuten allein war, vor dem gemeinsamen Essen, preßte Anna manchmal ihr Gesicht gegen den Spiegel und versuchte, etwas zu sehen, etwas Besonderes, vielleicht eine Spur von den Zügen ihres Vaters. Sie hatte Vater nur zweimal gesehen, einmal bei einer großen Feier und einmal, als er sehr krank gewesen war, sie erinnerte sich kaum an ihn, nur daran, daß er groß war und schwer und daß er laut und dröhnend lachen konnte, vielleicht auch, daß er große Hände hatte. Aber sie hatte sich daran gewöhnt, ihn mit allerlei wundervollen Eigenschaften auszustatten und ihm mit Geheimnissen zu umgeben. Sie sprach nie darüber, doch in gewissen Augenblicken war sie ganz sicher, daß er in der Nähe war und sie beobachtete, mit spöttischem Lächeln, und sie wartete darauf, seine gewaltige Stimme zu hören.

Sie war auch sicher, daß er gegen alle gesetzlichen Vorschriften bei ihrer Namensgebung mitgewirkt hatte, er hatte die Zuteilung des Namens beeinflußt, und sicher hatte er ihr als Baby zärtlich diesen Namen zugeflüstert: Anna, meine kleine Anna.

Anna dachte selten darüber nach, ob sie glücklich war, und wenn sie es tat, merkte sie, daß sie von einer seltsamen Unruhe erfaßt wurde, es war dann wie an einem jener Tage, an denen die Klimaanlage ausfiel und die Schwüle unerträglich wurde; die Haut spannte, und die Wangen begannen zu brennen. Bestimmt war sie glücklich, wenn an der Decke das Fernsehprogramm lief, wenn ihre Finger die Arbeit verrichteten – es war eine leichte Arbeit, nur ein paar Knöpfe zu drücken –, wenn sie am Abend im Mädchenheim zusammensaßen und in den Zeitschriften blätterten, oder wenn Ugo ihr sagte, vielleicht könnten sie bald heiraten.

Die Sirene zeigte eine der Pausen an, und das Band hörte auf zu schnurren. Gehorsam erhob sich Anna und ging hinüber zu dem Käfig, in dem ihr Vogel saß, ein prächtiger, goldener Vogel, der den Kopf schräg legte, wenn er sie sah. Sie betätigte den Schalter, und die Futterschale schob sich in den Käfig, der Vogel verharrte einen Augenblick, dann begann er zu fressen. Automatisch las sie auf der Tabelle den Vogel-Befund ab, es war alles in Ordnung, und nur ganz selten kam es vor, daß einer der Vögel starb. Dann gab es große Trauer im Saal, und der unglücklichen Frau wurde feierlich ein neuer Vogel zur Betreuung überreicht.

Ein zweimaliges Schnarren am Pult unter dem Käfig zeigte an, daß sie jemand sprechen wollte, es war die Zeit, in der sich Ugo meist meldete, sie drückte die Taste und sprach in das Mikrofon.

»Hallo, Ugo«, sagte sie gleichgültig, »es ist nett, daß du anrufst. Ich bin gerade dabei, den Vogel zu füttern.«

»Anna?« fragte jemand. »Ist dort Anna?«

Sie erschrak ein wenig, es war geraume Zeit nicht vorgekommen, daß ein Fremder nach ihr verlangte, aber gelegentlich geschah es doch. Dann teilte man ihr mit, ihre neue Frisur sei bewilligt worden, oder es sei gestattet, Ugo in der Kantine zu sprechen, und einmal hatte man ihr gesagt, es könne sein, daß sich ihr Vater nicht wohl fühle und ob sie eine Eingabe machen wolle, ihn zu sehen.

»Anna«, sagte sie, »C 66, Anna.«

»In den Sprechraum, Anna«, sagte die Stimme. Es war eine kalte, metallene Stimme, eine von denen, bei denen man nicht sicher war, ob ein Mensch sprach oder einer von den Robotern oder ob man einfach ein Band ablaufen ließ.

Sie blickte sich rasch um, und ein eisiges Gefühl der Furcht packte sie, schnell und heftig, drückte ihr die Kehle zusammen, und einen winzigen Augenblick lang dachte sie daran, davonzulaufen. Die Mädchen standen bei den Vogelkäfigen und sprachen auf die Tiere ein. Es gab Vögel, die Antworten gaben, komische Antworten, die jedesmal Gelächter hervorriefen. Der gläserne Kontrollturm war so gerichtet, daß sie nur den Rücken des Kontrolleurs sehen konnte. Zwischen den einzelnen Fließbändern hatte man Pflanzen hochgezogen, grüne und rote Pflanzen, die im Sommer und Winter gleich aussahen.

»Was Unangenehmes?« fragte eines der Mädchen. Es arbeitete neben Anna, war aber älter als sie.

»Sicher nicht«, sagte Anna, »ich bin gleich wieder da.«

Sie blockierte den Hebel an ihrem Arbeitsplatz, nun mußte drüben am Kontrollturm ein Lämpchen aufleuchten, das dem Kontrolleur zeigte, daß sie ausgefallen war. Sie strich durch ihr Haar und dachte daran, die Lippen nachzuziehen, aber das wurde nicht gern gesehen unter der Zeit, und sie unterließ es. Sie durchquerte die Halle und rollte mit einer Treppe abwärts, vorbei an vielen Spiegelwänden, an die man sich gewöhnte, nie konnte man sicher sein, ob dahinter nicht gerade eine Führung vorbeiging und tausend Augen sie anstarrten. Es war ihr gleichgültig, sie hatte nichts zu verbergen, ihre Papiere waren in Ordnung, und im Heim gehörte sie zu den Besten, meldete sich öfter zu freiwilligen Aufgaben und war Diskussionsleiterin in ihrem Zimmer, wenn es um die Probleme junger Frauen ging.

Vor dem Sprechzimmer stand regungslos einer der Roboter.

»Hallo, Fred«, sagte sie, alle hießen Fred, und alle lächelten; man mußte genau hinsehen, um zu erkennen, daß sie Roboter waren.

»Eintreten«, sagte Fred, und die Tür öffnete sich geräuschlos.

Der Mann, der sich hinter einem der Schreibtische erhob, war gegen die Vorschrift gekleidet, er trug nur eine Jacke, und sein Haar sah ungekämmt aus.

»Anna«, sagte sie, »C 66.«

Der Mann hatte kräftige Zähne und starre, ruhige Augen.

»Ich weiß«, sagte er.

»Wie lange bist du jetzt bei uns?« fragte er.

»Drei Jahre«, sagte sie, »das mußt du doch wissen.«

»Muß ich das?« fragte er belustigt. »Natürlich muß ich das. Aber wenn ich dich danach frage, mußt du darauf antworten.«

»Ja«, sagte sie.

»Hast du mal irgendeine Beschwerde gehabt?« fragte er.

»Nein«, sagte sie erschrocken.

Sie spürte seine Augen, aber sie war daran gewöhnt, angestarrt zu werden, ihre Gedanken liefen nun schnell wie elektrische Strahlen. Mia fiel ihr ein, die nachts öfter geschrien hatte, weil ihr das Band mit den Knöpfen im Traum erschienen war, Signale und Knöpfe, sie hatte geschrien, und es war kaum auszuhalten gewesen. Anna hatte daran gedacht, einen Zettel in die Beschwerdemaschine zu werfen, doch dann hatte sie es wieder vergessen.

»Du wohnst im Heim, was?«

»Ja, im Heim.«

»Und du hast einen Freund?«

»Ja«, sagte sie, »das ist gemeldet.«

»Natürlich«, sagte er, »und ihr habt keine Heimlichkeiten, was? Nicht irgendwas, was ihr verbergen müßt, was?«

Sie spürte, wie sie errötete.

»Nein«, sagte sie, »es ist alles gemeldet.«

»Aber ja, aber ja«, sagte er. Er war eher klein, doch sein Oberkörper war sehr gerade, man sah, daß er Sport betrieb, nur war dieser Oberkörper vielleicht ein wenig zu groß, und man mußte unwillkürlich an einen Affen denken.

Sie sah flüchtig nach seinem Adamsapfel, immerhin konnte der Mann ein Roboter sein, meist erkannte man den Unterschied nur an der Bewegung des Adamsapfels oder an dem Atem, der bei Robotern regelmäßiger ging.

»Du bist ein mißtrauisches, kleines Mädchen, recht so«, sagte er, »und ich wette, daß du eine ganze Menge zu verbergen hast.«

»Wir machen alle Fehler«, sagte sie.

»Gut«, sagte er, er war es plötzlich müde, sie in Verlegenheit zu bringen, und er war es zu sehr gewohnt, Mädchen anzustarren, um noch besonderen Spaß dabei zu empfinden. »Deine Augen sind ein wenig zu groß.«

»Ich weiß«, sagte sie.

»Und das freut dich, was?«

»Ich bin sehr unglücklich darüber.«

»Na schön«, sagte er, »und du hast noch nie eine Aufgabe gehabt?«

»Nein«, sagte sie.

Natürlich hatte sie davon gehört, und sie wußte, daß es viele Arten von Aufgaben geben konnte, gewöhnliche und gefährliche, solche, mit denen man nur ihre Ergebenheit prüfen wollte, und solche, die notwendig waren. In der Schule hatten sie mit glühenden Wangen von großen Aufgaben gelesen, und alle hatten davon geträumt, einmal etwas Wichtiges zu tun. Sie war nicht sicher, wie oft solche Aufgaben vergeben wurden, es durfte nicht darüber gesprochen werden, aber einmal hatte sie im Schlafsaal ein Mädchen weinen gehört, ganz leise, und gleich hatte es wieder gelacht, aber man hatte darüber getuschelt, die Kleine hätte ihren Vogel töten müssen, nur so aus Spaß, vor allen Leuten, langsam und tränenlos.

»Du wirst Zeit dafür haben«, sagte er, »du wirst dich darauf vorbereiten können, und du wirst es vielleicht auch nicht allein tun, es kann sein, daß man dich nach einiger Zeit wieder abberuft, und du darfst darüber nicht enttäuscht sein.«

»Ich werde es versuchen«, sagte sie.

»Und du darfst nicht darüber sprechen«, sagte der Mann lächelnd, »es ist dir klar, daß wir dich immer beobachten, daß wir jedes Wort hören und daß wir versuchen werden, dich zum Sprechen zu bringen.«

»Ja«, sagte sie, »und was ist das für ein Auftrag?«

Er zeigte seine großen, regelmäßigen Zähne, und er sah jetzt hübsch und glücklich aus, wie einer von den großen, kräftigen Jungen im Fernsehen.

»Du wirst einen Menschen töten«, sagte er.

Sie erschrak ein wenig, und es war, als sei ein kühler Luftzug an ihrem Gesicht vorbeigestrichen, aber sie wußte, daß Töten etwas Alltägliches war, nicht viel mehr als ein gewöhnlicher Druck auf einen Knopf, und irgendwo wurde ein schädliches Menschenleben ausgelöscht. Sie hatte einen leichten Abscheu gegen die unhygienische Art des Tötens, gegen eine öffentliche Hinrichtung mit dem Beil. Einmal hatte sie einen kleinen Jungen gesehen, der seinen Vater zum Galgen geleitet hatte, es war am Bildschirm gewesen, und der Junge hatte sich sehr stolz benommen und den Zuschauern zugewinkt, nachher hatte er sich die Hände gewaschen und war mit seinen Klassenkameraden zu einem Ballspiel gegangen. Aber es gab genug Möglichkeiten des sauberen Tötens, die Giftkammern und die Stromstöße, das Töten auf weite Distanz, das Abfeuern einer Rakete, das Schießen in einen verdunkelten Raum oder gegen infrarotes Licht. Manchmal genügte es, einen Schlüssel zu drehen, einen Hörer abzunehmen, ein Paket abzuschicken.

»Ich werde ihn töten«, sagte sie.

Seine Augen waren jetzt wieder starr, er setzte sich hinter den Schreibtisch, und nur sein Oberkörper ragte machtvoll hervor.

»Natürlich kann es dein Vater sein oder der Mann, den du heiraten willst, oder ein Mädchen aus deinem Zimmer, aber du weißt, daß das eher unwahrscheinlich ist. Du bist ein junges hübsches Mädchen, und er ist ein schädlicher Mann, der sein Leben schon fast ausgelebt hat, wir halten ihn zwischen Zeigefinger und Daumen, und jeden Augenblick können wir zusammendrücken, nur du mußt ihn noch ein wenig beobachten, abhorchen, ausholen, das macht deinen Auftrag schwerer, aber es ändert nichts mehr, nur deine persönliche Aufgabe wächst damit. Und irgendwann einmal wirst du ihn töten.«

»Ich werde ihn kennenlernen?« fragte sie.

»Natürlich«, sagte er ärgerlich, »ich dachte, du hast das verstanden. Wir töten nicht ohne Richter, und du wirst einer der Richter sein und Henker zugleich, wer weiß?«

»Danke«, sagte sie.

Oft genug, schon als kleines Mädchen im silbernen Rock, war sie durch die Straßen marschiert und hatte eine Fahne getragen, und dann hatte man Bilder von Feinden gezeigt, überlebensgroß auf Wände projiziert, mit häßlichen, gelben Zähnen, ungewaschen, mit verzerrten Gesichtern, und dann hatten sie alle ihr »tötet ihn« geschrien, mit hellen, piepsenden Stimmen, und einmal hatten sie diese Feinde ganz nah gesehen, an die Wand neben ihnen taghell geworden, und Anna hatte auf diese Bilder spucken dürfen.

»Du gehst jetzt nach Hause«, sagte er, »und von nun an brauchen wir dich nicht mehr in der Fabrik, aber du kannst natürlich kommen, wenn es dir Spaß macht. Du kannst in der Stadt umhergehen und dir Kleider kaufen. Du kannst machen, was du willst. Und wir werden dich finden, wenn wir dich brauchen.«

»Das ist schön«, sagte sie.

Die Tür öffnete sich, und Fred schritt herein, federnd und grinsend, er schnitt eine Grimasse, und sie lachte gehorsam.

»Auf Wiedersehen«, sagte sie.

»Vielleicht mußt du Fred töten«, sagte der Mann hinter dem Schreibtisch. Fred verneigte sich vor ihr und betrachtete sie aufmerksam.

»Du bist eine nette Puppe«, sagte er.

Er begleitete sie noch ein Stück durch die Spiegelgänge, und als sie seitwärts blickte, hatte sie das unbestimmte Gefühl, er beobachte sie aus den Augenwinkeln. Vielleicht wußte er über ihren Auftrag Bescheid, wahrscheinlich aber hatten ihm auch seine Konstrukteure diesen schrägen, aufmerksamen Blick mitgegeben.

»Irgendwer muß in den nächsten Tagen meinen Vogel füttern«, sagte Anna, »kannst du das tun?«

»Warum nicht?« fragte Fred. »Wenn du dafür einmal mit mir zum Essen gehst.«

»Ich habe keine Erlaubnis dazu«, sagte sie.

»Du mit deinen Erlaubnissen«, sagte er.

»Du bist ein komischer Kerl, Fred«, sagte sie.

»Kann sein.«

Sie blieb stehen, sehr rasch, weil sie wußte, daß Roboter eine winzige Sekunde länger brauchen, um auf eine neue Situation zu reagieren. Aber Fred blieb im Takt neben ihr stehen.

»Ist was?« fragte er freundlich.

»Nichts«, sagte sie verwirrt, »es ist nichts.«

»Ich dachte nur«, sagte Fred.

Sie waren beim Tor angelangt, und Fred erledigte die Formalitäten für sie. Draußen spiegelte sich strahlend blau der Himmel in den Spiegelbecken, und es roch ein wenig fad nach Sonne, sogar die Wolken konnte man riechen, ob sie nun vorbeizogen oder erst für morgen angesagt waren.

»Dann danke, Fred«, sagte Anna.

»Gern geschehen«, sagte Fred, er stand vor ihr, genau im Abstand, der vorgeschrieben war, und sah sie nachdenklich aus seinen grauen Augen an.

»Viel Glück, Anna«, sagte er.

»Wozu?«

»Nur so«, sagte er, »eben viel Glück.«

»Du bist ein altmodischer Kerl, Fred«, sagte sie.

Die Tür verschluckte ihn, und Anna ging ein wenig verwirrt die taghell erleuchtete Straße hinunter. Sie wußte nicht, ob sie Angst hatte. Aber um diese Zeit war sie noch niemals aus der Fabrik gekommen, und das machte sie unsicher.

Die Straße war wie alle, die unter der Erde liegen, weit unter der Erde: geheizt und gelüftet, darüber der gläserne, blaue Himmel, überall Spiegel, die die gewaltigen Betonkonstruktionen verkleideten, auf denen die Stadt über ihnen ruhte: Vienna 1.

Sie hatte vergessen, ihren Arbeitsmantel abzulegen, und die wenigen Passanten beobachteten sie erstaunt. Sie bemerkte es erst nach einer Weile, und im ersten Augenblick erschrak sie.

Ob sie es wissen? dachte sie. Einen von ihnen werde ich töten.

Sie versuchte, sich sein Gesicht vorzustellen, ein hageres, eingefallenes Gesicht oder das Gesicht einer Ratte. Rattengesichter hatte sie oft in Kulturfilmen gesehen, in denen man sie davor gewarnt hatte, zu den Ruinenstädten des alten Wiens hinauszugehen, dorthin, wo die geborstenen, schwarzen Kirchen lagen, die Heiligenfiguren mit gespalteten Köpfen, die Zinshäuser, die in sich zusammengestürzt waren, dazwischen Eisenteile, verbogene Träger, lumpiges Kinderspielzeug, zerrissene Puppen und blöd glotzendes Bärengetier. Dort hausten sie, fette, schwarz-gelbliche Ratten.

Sie war nie im Norden gewesen. Aber vielleicht hauste er dort, den sie töten würde.

Man sagte, es gäbe noch ein Pferd dort: ein großes, häßliches Pferd mit einem Höcker und toten Augen.

In der Falle

An diesem Tage fühlte sich Dr. Raven fast glücklich. Nach langer Zeit war der Klinikbetrieb ohne jede Panne verlaufen, wie er in den chirurgischen Glas- und Stahlkäfigen der Welt nun einmal zu verlaufen hat: mit den Stimmen der Schwestern, die einen der jungen Ärzte dringend in den Operationssaal baten, immer dringender über Lautsprecher, mit dem Gedränge in den Aufwartesälen, drei Operationen schon zeitig am Morgen, ein bösartiges Magengeschwür darunter, wie es nur noch selten kam. Dann die typischen Symptome der Strahlenkrankheit; hier hatte er eine Panne vermutet, denn es war strengste Vorschrift, die Strahlenkranken in den Wohntürmen eigener Städte zu isolieren, aber dieser Mann war durch alle Kontrollen gegangen und dennoch noch zwei Jahre isoliert gewesen. Aber kaum hatte man ihn entlassen, waren die Symptome wiedergekommen, dabei hatte er nie mit Strahlen zu tun gehabt, und Raven hatte Anweisung gegeben, ihn in die Psychiatrie zu schicken. Ein junges Mädchen mit einer schweren Kopfwunde, die Schwestern hatten einander bedeutungsvoll angeblickt, das sah nach dem berüchtigten Freitod aus, es konnte sein, daß sich die Kleine irgendwo aus einem Fenster gestürzt hatte. Raven haßte diese Gerüchte, und er wußte, daß man das Mädchen in die Zange nähme, wenn es davonkam. Während der Operation hatte er ihr unentwegt ins Gesicht geblickt, aber es war das übliche maskenhafte Puppengesicht, keine verräterische Veränderung, kein Seufzer, ein Lächeln, das ewig war wie der Glashimmel.

Gegen Mittag die gewöhnlichen Laser-Operationen, ohne Blut, das Licht war stärker und sauberer als jedes Skalpell, man schnitt wie durch Watte, hygienische Arbeit, eigentlich war man nicht viel mehr als ein ordentlicher Facharbeiter, der eine schnurgerade Schweißnaht zieht.

Raven gehörte zu jener Schule von Chirurgen, die niemals anders operiert hatten als nach dem Spruch der Elektronengehirne. Immer hatten sie ihm die Diagnosen geliefert. Assistenten hatten den Körper gereinigt, mit Tüchern bedeckt, und er bekam nicht mehr vorgelegt als ein Stück Körper, einen Bauch, ein Bein, einen Arm. Bei Schädeloperationen sah man wenigstens das Gesicht.

Lange Zeit war er von dieser Methode begeistert gewesen, und er hatte fast körperliche Abneigung vor dem Gedanken gespürt, Menschen nach alten Methoden untersuchen zu müssen, sie abzutasten, ihnen in die gelblichen Augen zu starren, ihren schlechten Atem zu riechen, ihre weinerlichen Krankengeschichten zu hören, die schlecht beobachtet oder aufgebauscht waren. Die Elektronengehirne sortierten Lüge, Einbildung und Wahrheit, verglichen und wogen ab, dann stießen sie rote Kreuze aus: Operation an der markierten Stelle. Oder blaue Kreise: Behandlung ambulant.

Raven war damit zufrieden gewesen, zwischen den Operationssälen zu pendeln, Werkzeug zu bedienen, die knappen Bemerkungen des Narkosehelfers zu hören, dazwischen die fast lautlosen Unterhaltungen der Schwestern, auf Sieben hatte in der Nacht ein Mann getobt, am gestrigen Heimweg waren mehrere Rolltreppen ausgefallen, und in einem Wohnblock war eine Frau hysterisch geworden und hatte laut gesagt, sie pfeife auf die Restaurants, sie wolle einen eigenen Herd in ihren Räumen und wolle darauf kochen.

Zuerst war es nur ein flüchtiger Gedanke gewesen, aufgetaucht in einer Laune und schon wieder weggewischt. Monate später war er wiedergekommen, damals war ein Mann gestorben, ein unsympathisches altes Männchen mit Vogelgesicht, bei dem die Operation klaglos verlaufen war, aber vier Tage später war er tot gewesen. Raven hatte an ein Versagen der Elektronengehirne gedacht, an einen lächerlichen Fehler.

Solche Fehler in den Elektronengehirnen kamen vor, lauerten tief in ihrem Inneren, dort wo zwei Drähte haarfein zusammenstießen, wo ein Pol blank war, wo man eine Klemme um Hundertstelmillimeter zu weit seitwärts gedreht hatte. Zu Ravens Studienzeiten war es ein beliebter Scherz auf der Anatomie gewesen, den Professor zu fragen, was man wohl tun wolle, wenn ein Elektronengehirn befahl, einem Mann drei Beine zu amputieren. Und der Professor hatte böse lächelnd geantwortet, man möge zuerst beide Beine abnehmen und dann noch einmal nachfragen, und im übrigen liege die Fehlerquelle bei der Datenverarbeitung zehnmal so tief wie beim genialsten Diagnostiker. Studenten hatten eine Zeitlang ihren Spaß daran gehabt, die Roboter mit geheimnisvollen Daten zu versorgen, man hatte Holzpuppen röntgen lassen und ihnen statt des Herzens eine Wasserpumpe eingebaut, doch die elektronischen Wunderwerke hatten sich niemals täuschen lassen, nur manchmal hatten sie einen Befehl glattweg verweigert, und die Holzpuppen waren ohne Operation nach Hause geschickt worden.

Raven war ein zäher Arbeiter und ein aufmerksamer Beobachter, er war in der Atmosphäre des Karbolgeruches aufgewachsen, mit dem Stöhnen der Kranken, mit dem erstickten Röcheln, den Schreien nach Luft, mit den blitzschnellen Einschnitten in Luftröhren, mit dem angstvollen Gewimmer der Kinder. Er war winzigen Mädchen gegenübergesessen, die ihn haßerfüllt angestarrt hatten, er hatte auf Patienten eingeredet, die ihm halb irr zuflüsterten, ihre Familie wolle sie umbringen. Er hatte bei Frauen angerufen, deren Männer eben verstorben waren, und hatte ihren entsetzten Atem gehört, ihr hilfloses Stammeln, ihre Worte, die wie Fluch und Gebet zugleich klangen.

Er wußte nicht genau, was seinen Instinkt geweckt hatte. Aber über Nacht war sein Argwohn laut geworden wie ein unruhiger Patient, der im Halbschlaf auf die Schritte der Schwestern lauscht. Und er hatte damit begonnen, nach Patienten zu fragen, die aus seinem Gesichtskreis verschwunden waren, fortgeführt auf einem leintuchbedeckten Wägelchen, irgendwohin in diesem Riesenbau, er hatte nicht deutlich geforscht, nur ganz beiläufig gefragt. Und im Vorbeigehen hatte er eine Frau untersucht, deren Diagnose von den Elektronengehirnen deutlich aufgezeichnet war, hatte auf ihren Puls gelauscht, ihre Augen gesehen, seine Finger waren hastig und verstohlen über ihre Haut gefahren. Später hatte er es öfter wiederholt, und der Zweifel saß schon in ihm, er weigerte sich, darüber nachzudenken, er schob die Bedenken fort, aber er untersuchte weiter, und er fühlte, wie die Blicke der anderen Ärzte neugierig auf ihm ruhten, mißtrauische, bebrillte Augen.

An diesem Tage war nichts geschehen, was seinen Verdacht verstärkt hätte, und Raven neigte dazu, die Sache zu vergessen. Er unterschrieb ein paar Krankengeschichten für die Kartei, betrachtete ein Röntgenbild, fand nichts mehr, was ihn interessiert hätte, und spürte, daß er müde war. Er ließ Kaffee in einen Papierbecher fließen, klingelte einer Schwester und übergab ihr die Papiere, sagte etwas, was ein Scherz sein sollte, und ärgerte sich gleich darauf, weil er wieder einmal übersehen hatte, daß die Schwester einer dieser verteufelt hübschen Roboter war, die stundenlang an einem Bett sitzen und halblauten Erzählungen lauschen konnten, die auf Band aufgenommen und in der Registratur abgegeben wurden.

Raven begann seinen üblichen Rundgang, begleitet vom Aufleuchten der Kontrollampen: Auf einem Schirm in der Zentrale konnte man mühelos feststellen, wo sich die Oberärzte gerade befanden. Beim Bett der kleinen Mo blieb er eine Weile stehen und sah zu, wie sie über die komischen Figuren lachte, die auf ihrem winzigen Fernsehschirm tanzten.

»Keine Schmerzen, Mo?« fragte er

»Die Rehe sind bei mir«, sagte sie und blickte ihn dankbar an, »immer wenn die Rehe bei mir sind, habe ich keine Schmerzen.«

Das Mädchen sah blaß und mager aus, es gehörte zu den Fällen, bei denen sie nicht recht weiterkamen; sie weigerte sich häufig, zu essen, und wenn sie aß, erbrach sie sich bald darauf.

»Wenn du magst, können dir die Rehe beim Essen Gesellschaft leisten«, sagte er.

»Ich mag aber nicht essen«, sagte sie störrisch, und ihr Gesicht wurde hart.

»Du magst doch bald wieder aufstehen und nach Hause gehen?« fragte er.

»Nein«, sagte sie.

In ihrem weißen Hemd mit den eckigen Schultern darunter sah sie aus wie eine der Puppen, die man früher zum Verbrennen auf die Straße geworfen hatte. Raven erinnerte sich gut, wie die Mädchen geweint hatten, manche waren dem Wagen lange nachgelaufen, der die Puppen fortgeführt hatte, und manche hatten auf der Straße Begräbnis gespielt: Sie hatten Kleider verbrannt, einen kleinen Berg von Kleidern, und alle hatten sie geweint, bis man dieses Spiel verboten hatte.

»Die anderen warten bestimmt schon auf dich«, sagte er.

»Auf mich wartet niemand.« Sie beobachtete aufmerksam ihren Fernsehschirm. »Hier habe ich die Rehe, die kann mir niemand wegnehmen.«

»Wenn du gesund bist, könnten wir einmal einen Ausflug machen«, sagte er lahm, und er fühlte sich schuldig dabei, denn er hatte vielen Kindern einen Ausflug versprochen, später waren sie gestorben oder aus der Klinik gegangen, und er hatte nicht einmal Zeit gefunden, ihnen beim Abschied zu winken.

»Wohin?« fragte Mo aufmerksam.

»Irgendwohin.«

»Bist du schon oft fortgewesen?«

»Oft«, sagte er, »und weit.«

Dabei war er jahrelang nicht fortgekommen. Wie alle, die in dieser Stadt festsaßen, hatte er eine starke Abneigung gegen weite Fahrten, gegen Stadtteile, die einander unheimlich ähnlich sahen, nur durch die Straßennumerierung voneinander zu unterschieden, gegen die Vororte mit den Fabriken, die zum Schichtwechsel die Massen ausspien, gegen die Absteige zu Vienna 3, die schäbig und stets von einem Geruch der Fäulnis umgeben waren, gegen den Norden, in dem die Straßenbeleuchtung dunkler wurde, nicht ganz dunkel, aber dunkel genug, um Passanten fahl und kränklich aussehen zu lassen. Erst in den letzten Monaten hatte er mit Streifzügen begonnen, war mit der Hochbahn in jene Gegend gefahren, wo man vom Zug aus in beleuchtete Fenster blicken konnte – wie Scherenschnitte sahen die Menschen hinter den Fenstern aus, hatten aufgerissene Mäuler, bewegten sich wie Hampelmänner und waren schon vorüber – und war nachts langsam an den Spiegelwänden vorbeigegangen, hatte sich doppelt und dreifach gesehen, klein und groß, dickbäuchig, mit verkrümmten Beinen und dann hochaufgeschossen wie ein Betonpfeiler, mit einem lächerlichen Spitzkopf darauf. Er war stehengeblieben bei den überlebensgroßen Projektionen von Staatsfeinden, hatte ihnen in die Gesichter geblickt und sich vorgestellt, wie es sein müsse, als Feind des Volkes mit Lichtstrahlen gegen glatte Fassaden geworfen zu werden. Einmal war er bei einem Galgen stehengeblieben, einem altmodischen hölzernen Ding, das so alt aussah, daß man fürchten mußte, Spinnen kröchen darauf auf und ab, hatte den Mann angesehen, der hoch oben in einem künstlichen Windkanal baumelte, und die Soldaten gefragt, welchen Kunden sie da hätten. Aber die Soldaten hatten gewürfelt und ihn barsch angefahren, er möge gefälligst in den Verzeichnissen nachsehen.

»Bist du schon im Zoo gewesen?« fragte Mo.

»Nein«, antwortete er.

»Dort möchte ich aber hin«, sagte Mo.

»So?« meinte er.

»Sie behaupten, mein Vater sei im Zoo«, erklärte sie.

»Unsinn«, erwiderte er hastig, »so was brauchst du dir nicht einzubilden.«

»Aber sie behaupten es doch.«

»Wir machen bestimmt noch einen Ausflug miteinander«, sagte er. Sie sah müde aus, er nickte ihr zu und nahm seinen Rundgang wieder auf, der keinen anderen Zweck hatte, als die Patienten zu beruhigen, denn sonst war nichts zu tun, Puls und Temperatur wurden automatisch gemessen, Tonbänder registrierten jeden Seufzer, jedes Herumwälzen auf dem Papierlaken, Gebete und Monologe, Zuckungen der Beine und das Verkrampfen der Finger.

Er spürte die Blicke der Mädchen, als er die Kantine betrat, schüchterne Blicke, überwacht von Jennys harten Augen. Jenny, die Oberschwester, blond und überdurchschnittlich hübsch, aber das Gesicht von einer gewaltigen Brille überschattet, war die einzige hier, die zweimal das Angebot ausgeschlagen hatte, hinauf zu gehen. Sie war eine Arbeitsmaschine, hübsch und korrekt, mit winzigen Falten um den Mund, immer erreichbar, immer gleich freundlich, immer gleich mißtrauisch, fehlerlos, makellos, unberührbar, sauber wie chirurgische Bestecke, das Vorbild aller Krankenhausfrauen.

»Na, Jenny«, sagte Raven, »herrlicher Abend heute, was?«

»Wieso?« fragte sie.

»Eben herrlich«, sagte er gutgelaunt.

»Wie kannst du das wissen?«

»Ich kann es nicht am Thermometer ablesen, und ich habe es nicht in der Zeitung nachgeschlagen, und trotzdem finde ich, es ist ein herrlicher Abend.«

»Du hast die seltene Gabe, Dummheiten von dir zu geben«, sagte sie freundlich.

»Richtig«, sagte er. Er hörte, wie eines der Mädchen kicherte.

»Schon gegessen?« fragte er.

»Natürlich«, sagte sie und starrte mißtrauisch an seinem Gesicht vorbei.

»Drei Löffelchen voll?« »Drei Löffelchen voll.«

Er bediente den Speiseautomaten, ließ dreimal die Tropfen der farblosen Flüssigkeit auf seinen Löffel fallen und schluckte gehorsam.

»Ein leckeres Abendessen«, sagte er. »Und jetzt hätte ich Lust auf etwas Scharfes.«

»Was zum Beispiel?«

»Etwas Scharfes zum Trinken.«

»Du bist ein Säufer, Raven«, sagte Jenny, »und das Üble dabei ist, daß du auch noch stolz darauf bist.«

Er lachte. In solchen Augenblicken fühlte er sich sehr jung, und er hatte Lust, sich durch das Haar zu fahren und verrückte Lieder zu singen und Jenny die Brille abzunehmen und mit den Mädchen durch das Krankenhaus zu tollen.

»Einmal werde ich euch alle verführen«, erklärte er, »wie wäre das, ihr Schönen?«

»Raven!« mahnte Jenny ärgerlich.

»Einmal bringe ich euch alle dazu, mit mir zu trinken«, sagte er, »und dann wird Jenny auf den Tisch steigen und tanzen.«

»Mein Gehirn ist ganz in Ordnung«, versetzte Jenny, »und deshalb werde ich kaum jemals in die Lage kommen, auf einem Tisch zu tanzen.«

»Natürlich«, meinte Raven, »natürlich, bei dir ist alles in Ordnung. Du tanzt nicht auf Tischen, du trinkst keine scharfen Sachen, ißt nur deine Löffelchen. Und ich bin nicht ganz sicher, ob nicht in deinem Bauch kleine Rädchen montiert sind und eine Menge Röhren, und im Kopf hast du siebzehn Kontrollampen.«

Er sah, wie sie rot wurde und nach ihrer Brille griff, nur eine Sekunde lang, ihre Augen funkelten, und sie kämpfte mit sich, etwas zu sagen.

»Schon gut, Jenny«, bemerkte er hastig, »es war nicht so gemeint.«

Sie hatte sich schon wieder in ihrer Gewalt.

»Du redest vieles, was du nicht so meinst«, murmelte sie.

»Ich werde noch fortgehen«, sagte er.

»Schon wieder?«

»Schon wieder.«

»Übrigens war ein Mann da, der nach dir gefragt hat.«

»Ich nehme an, daß viele Leute nach mir fragen.«

»Du nimmst dich zu wichtig.«

»Und was war das für ein Mann?«

»Nichts Besonderes. Nur sein Beruf war komisch. Er erklärte, er hätte eine Kohlenhandlung.«

»Eine Kohlenhandlung?« fragte er verblüfft. Dunkel erinnerte er sich an diese Geschäfte. Als kleiner Junge war er einmal in einem derartigen Geschäft gewesen, vielleicht zwanzig Stufen tief unter der Erde, die Wände schwarz, und die Männer unten hatten schwarze Gesichter, aus denen nur die Augen fahl herausstachen.

»Er heißt Ol«,sagte sie. »Er wird wieder vorbeikommen.«

»Gut«, erwiderte Raven. »Dann auf später.«

Er ging zu Fuß durch die Flure und ließ sich beim Eingang ausschleusen. Der Pförtner zog seine Kappe, wie er es immer tat, seitdem Raven ihm eine bösartige Geschwulst aus dem Kopf geschnitten hatte.

Raven kontrollierte, ob das Gerät in seiner Rocktasche auch ging. Solange es eingeschaltet war, konnte man ihn vom Krankenhaus aus erreichen, weil sein Weg am Schirm zu verfolgen war. Er überquerte die Straße, die wie stets in den Zeiten des starken Verkehrs spürbar zitterte, wie ein Tier, das gereizt ist. Oft hatte er das Bild der Klinik in sich aufgenommen: Sie sah aus wie alle Bauten, die nach dem Raketenkrieg unterirdisch angelegt worden waren. Jahrelang hatte man sich durch die Erde gewühlt, dort, wo früher Keller gewesen waren, man war auf alte Friedhöfe gestoßen, auf Katakomben, auf Weingeschosse, in denen die Fässer verfault waren. Man hatte zuerst die Riesenbetonpfeiler der oberen Stadt angelegt und dann nach einem genauen Plan gearbeitet. Erst später waren die Kanäle für die Rolltreppen angelegt worden, übereinander, unmittelbar an den Fassaden der Häuser, nun rollten sie in mehreren Ebenen im Tempo siebzig, man kam rasch vorwärts auf ihnen, und man brauchte nur auf die rechte Langsamspur überzuwechseln, wenn man sein Ziel erreicht hatte. Die Langsamspur floß gemächlich an den breiten Kanälen vorbei, die rechtwinkelig abzweigten, von A 1 bis A 1001 und Z 1001.

Er nahm die unterste Treppe, zeigte seine Marke dem Selenauge, bekam seine Zeitung aus den Automaten zugeschoben und war sofort in der Menge eingekeilt, eingeschlossen in die zischenden Geräusche pneumatischer Türen, in das Rumpeln der Treppen, aufgenommen in das Gemisch der täglichen Geräusche und Gespräche; eine Frau jammerte, sie habe wieder nicht richtig einkaufen können, die Treppen rollten einfach zu schnell, um aus dem Fächern links und rechts das Richtige zu wählen, aber das war natürlich Unsinn, denn man drückte beim Aufsteigen den richtigen Knopf, und hundert Meter weiter kam auf einem Parallelband der gewählte Artikel verpackt zum Vorschein. Aber immer wieder gab es Frauen, die sich das Eigentum anderer angeln wollten, und dann ging das Geschimpfe los.

Nachdem er eine Weile gelesen hatte, spürte er plötzlich, daß ihm die Frau, die hinter ihm stand, etwas sagen wollte, er spürte ihren Atem an seinem Ohr, und sekundenlang sah er ihr junges, angespanntes Gesicht.

»Dr. Raven, nicht wahr?« flüsterte sie.

»Ja«, sagte er, »ja, das ist die Richtung. Später mußt du obenhin umsteigen.«

»Es ist wegen Mo«, flüsterte sie.

»Ja«, sagte er, und er erschrak und sah, daß die Zeitung in seinen Händen zitterte, »obenhin umsteigen.«

»Sie darf nicht sterben«, sagte die Frau tonlos.

»Wir werden sie vielleicht noch einmal operieren müssen«, sagte er und starrte in seine Zeitung.

Er spürte, wie die Frau zitterte, sie schwankte, und er fürchtete, sie fiele vornüber.

»Nein, nein, nein«, sagte sie.

»Es wird schon gutgehen«, sagte er.

Und plötzlich heulten die Sirenen auf, die Menschen hoben ruckartig die Köpfe, sie hatten unruhige, erschrockene Augen wie immer bei diesen Kontrollen. Ihre Gehirne begannen träge, dann schneller zu arbeiten, die Gedanken liefen wie Ameisen, prüften Sekunden, Minuten, alles, was sie gesagt und getan hatten in den letzten Tagen, ein verräterisches Lächeln vielleicht, ein Blick, den man falsch ausgelegt hatte.

»Man wird sie umbringen«, schrie die Frau, hinein in das Klagen der Sirenen und in die metallischen Geräusche der Greifer, die sich nun vor alle Ausgänge legten, Metall, elektrisch aufgeladen. Die Falle war hermetisch geschlossen, und man konnte nichts tun, als abzuwarten. Einmal waren Passanten in eine der Absperrungen gedrängt worden, der Druck war von hinten gekommen, und sie hatten schon vor der Berührung zu schreien begonnen, hohe, entsetzte Schreie, aber es hatte nichts mehr genützt, sie waren verschmort, gebraten auf der Rolltreppe.

Sie standen in der endlosen Reihe, und über und neben ihnen standen andere Reihen, warteten auf den flinken Lichtstrahl, der sie unerbittlich abtasten würde. Zuerst ihre Metallnummer, ein blitzartiges Nachfragen im Gehirnzentrum, ob die Nummer in Ordnung war, dann das Filzen der Taschen nach Büchern, nach Waffen. Dann die Stichproben, eine freundliche, warme Stimme, die knapp nach der heutigen Zeitungslektüre fragte, sich für die Störung entschuldigte. Manchmal das Auftauchen der Soldaten, man konnte ihre Gesichter nicht auseinanderhalten, alle gleich freundlich, und wenn sie jemand abführten, entschuldigten sie sich bei den anderen Passanten, achteten darauf, niemand anzustoßen, versicherten, wahrscheinlich müsse es sich um einen Irrtum handeln, und man solle seinen Nächsten nicht gleich verdammen, nur weil er planmäßig näher überprüft werden müsse. Aus den Lautsprechern kam nun Musik, und sie begann gehorsam zu singen. Raven wußte, daß die Musik zu verräterischen Gesprächen verlockte und daß nun jedes Wort abgehört würde, er warf der Frau einen warnenden Blick zu, den sie dankbar erwiderte. Sie war Mo ähnlich, die gleichen, mageren Schultern, die gleichen, ein wenig traurigen Augen.

»Als Arzt kann ich vorgelassen werden«, sang Raven, »willst du mitkommen?«

Sie nickte, und er sah, daß sie zitterte.

»Ja?« fragte er vorsichtig.

»Ja«, sagte sie.

Raven drängte durch die Menge jener, die vor ihnen standen, und sie wichen gehorsam zur Seite. Er hatte die Frau bei der Hand ergriffen und zog sie hinter sich her, sie hatte eine warme, schmale Hand. Bei der nächsten Abzweigung blieben sie stehen und drückten den grünen Eilknopf.

»Bitte?« fragte eine Stimme.

»Arzt in Begleitung«, sagte Raven.

»Passieren.«

Bis zum nächsten Kontrollraum waren es etwa hundert Meter. Beide wußten sie genau, was ihnen bevorstand. Derartige Kontrollen gehörten zum System der »immerwährenden Wachsamkeit«, ob nun Feinde gesucht wurden oder nicht. Der Staatsbürger sollte in dem Gefühl leben, stets vor Bedrohungen geschützt zu sein. Er hatte nichts zu befürchten, solange er unschuldig war, nicht einmal die Demütigung, denn es war eine Demütigung, abgetastet zu werden von unsichtbaren Strahlen, nicht einmal, sich nackt auszuziehen vor den Augen des Gesetzes, denn Nacktheit und Unschuld waren keine Schande. Zu schämen hatten sich die Schuldigen, jene, die etwas verbargen, Geheimes versteckt hielten, Gedanken abkapselten, Zweifel nicht mitteilten, Fetische mit sich trugen, chiffrierte Botschaften weitergaben, sich mit geschmuggeltem Weihwasser besprengten, als ob Weihwasser schützen könnte. Wenn man sie ertappte, ließ man sie öfter in die Stollen zurück entkommen, dann liefen sie nackt, mit bloßen Gesichtern und weißlicher Haut, Entsetzen im Gesicht, hetzten durch Menschen, die ihnen auswichen, wie man der Pest ausweicht, an Männern vorbei, die auf sie einschlugen, an Frauen, die schrill zu lachen begannen, an Funktionären, die sich Notizen machten, an Fernsehaugen, die die Prozedur manchmal direkt übertrugen, und dann liefen sie auf den Bildschirmen von Schulklassen, hetzten über die Wände behaglicher Wohnräume, brüllten, sie seien unschuldig, brüllten es in die Lautsprechermusik, später in das Poltern der startenden Rolltreppen, in Gelächter und Spottrufe, und spät nachts erst wurden sie aufgegriffen, irr vor Angst, stammelnd, mit hochgedrehten Augen und verzerrten Mündern.

Sie überschritten die Lichtschwelle und betraten den Raum, der von zwei Soldaten besetzt war.

»Dr. Raven, Arzt zur Kontrolle.«

»Im Dienst?« fragte der ältere Soldat.

»Nein«, sagte Raven, »aber das Krankenhaus kann mich jederzeit brauchen.«

»Und sie?« Er deutete mit der Kinnspitze gegen die Frau.

»Meine Begleitung.«

»Keine Ärztin?«

»Keine Ärztin.«

»Wir haben es nicht gern, wenn jemand Extratouren reitet«, sagte der Soldat mürrisch, »wir sind alle gleich, wir warten alle gleich lang, wir haben es alle gleich eilig. Kapiert?«

Der jüngere Soldat hatte den Apparat eingeschaltet und betrachtete aufmerksam den Schirm.

»Kapiert«, sagte Raven. Er sah, wie der junge Soldat stutzte und seinem Kameraden einen Wink gab.

»Ausziehen«, sagte der ältere Soldat ruhig.

»Wer?«

»Beide.«

Sie entkleideten sich, und Raven merkte, daß sich die Frau abgewandt hatte, sie hatte den Kopf gesenkt, und ihr Körper bebte.

»Wir fressen dich nicht«, sagte der junge Soldat und zündete sich eine Zigarette an, »es ist nur, weil du da was herumschleppst.«

»Ich schleppe nichts herum«, sagte die Frau tonlos.

Der ältere Soldat war rasch auf sie zugetreten und hatte ihre Handtasche geöffnet, der Inhalt ergoß sich über den Boden, ein Lippenstift kollerte, ein paar Münzen klimperten, liefen wie Wagenräder, die ihr Gefährt verloren haben, und dazwischen lag etwas, was aussah wie ein mittelgroßes Knäuel Wolle.

»Und was ist das da«, fragte der ältere Soldat, »ha?«

»Nichts«, sagte sie, ihr Gesicht war blutleer, nur ihre Lippen zitterten.

»Na, Doktor?«

»Davon verstehe ich nichts«, sagte Raven. Er war wütend auf diese Frau, wütend auf Mo, die ihn nur dadurch in diese Lage gebracht hatte, daß sie mit der Frau in Verbindung stand, mit einer Frau, die jetzt nichts weiter war als ein zitterndes, junges Ding, das sie ertappt hatten, wütend auf sich selbst, weil er in eine Falle getappt war.

»Aber ich«, sagte der Soldat, »das ist so eine Art von Puppe. So eine

Art von verbotener Puppe.«

»Bitte«, sagte die Frau leise.

»Du kannst dich anziehen«, sagte der junge Soldat verlegen.

Sie begann sich anzukleiden, und Raven tat das gleiche, er sah ihre Finger, über die sie die Kontrolle verloren hatte, ihr mutloses kleines Gesicht, wie sie mit den Tränen kämpfte und etwas sagen wollte, ihr Blick glitt langsam an dem älteren Soldaten hoch, an seinen weichen Stiefeln, der stahlglitzernden Hose und der wattebreiten Bluse.

»Du hast doch auch Kinder«, sagte sie, »auch Kinder?«

»Möglich«, sagte der Soldat ungerührt, »aber ich weiß, daß Kinder nicht tote Gegenstände lieben sollen, sie hängen ihr Herz daran, an etwas Unnützes, an totes Material, an Lumpen, an Wolle, an was weiß noch. Und sie vergessen, ihre Liebe anderen Dingen zu geben, die wichtiger sind.«

»Augenblick«, sagte Raven, und er bereute es sofort, er biß sich auf die Lippen, und eine innere Stimme sagte ihm, er werde sich noch tot machen, wenn er jetzt den Mund nicht halten könne.

»Ja?« fragte der Soldat.

»Die Frau hat ein kleines Mädchen in der Klinik«, sagte Raven, »sie hat die Besuchserlaubnis. Sie kommt von dort.«

»Und? Weiter?«

»Nichts weiter«, sagte Raven wütend, »nur daß das Mädchen krank ist. Die Finger müssen in Bewegung bleiben, immer in Bewegung, verstehst du? Und diese Finger formen eben so was wie Puppen. Und die Mutter trägt nur das mit sich herum, war ihr die Kleine geschenkt hat. Sie kann es nicht vor den Augen der Kleinen fortwerfen, verstehst du? Und da hat sie es eben eingesteckt und in der Tasche vergessen. Eben eingesteckt und vergessen, von ihrem kleinen Mädchen.«

»Ach«, sagte der Soldat langsam.

Raven sah, wie der jüngere Soldat kurz sein Gesicht zu einem Lächeln verzog, das aber sofort wieder verschwand.

»Noch etwas?« fragte Raven.

»Nein«, sagte der ältere Soldat langsam, »nein, nichts.«

»Dann können wir ja gehen.«

»Aber ja«, sagte der Soldat, »nur daß du mich an den Seiltänzer erinnerst.«

»An welchen Seiltänzer?« fragte Raven.

»Soll einer in der Stadt sein, ein Seiltänzer. Verrückt, was, ein Seiltänzer in der Stadt.«

Er entließ sie mit einer Handbewegung und grinste hinter ihnen her.

Die Frau sah ihn nicht an, und draußen hinter der Sperre trennten sie sich.

»Danke«, sagte sie leise.

Aus den Lautsprechern plärrte Tanzmusik, drinnen standen sie noch immer auf den Rolltreppen, von Lichtern betastet, Zeitung lesend und singend, Kopf an Kopf, eingeschlossen von stählernen elektrischen Greifern, die aussahen wie die Krallen großer Vögel.

Vor neuen Entschlüssen

Das Mädchenheim war nach den letzten wissenschaftlichen Erkenntnissen eingerichtet worden, von Fachleuten nach langen Beratungen entworfen, von Meistern dieses Fachs durchgeführt. Psychologen hatten herausgefunden, daß Mädchen auch inmitten eines abschnurrenden Apparates von Fernsehsendungen, Vorträgen und Diskussionen einsam sein können, daß sie die Stunden des großen Schmerzens erleben, das Bedürfnis, zu weinen, Sinnloses zu sagen, jene Stunden, in denen man beim Fenster steht und in den Regen starrt, in die gleichbleibende Sonne, die an manchen Tagen doch anders aussieht, so daß man innerlich zusammengeschnürt wird, unruhig, bereit hinauszugehen, Menschen ins Gesicht zu spähen, Fremdes zu betasten. Deshalb hatten sie sich bemüht, ein echtes Zuhause aus dem Boden zu stampfen.

Vor dem Heim lag breit und grün ein Garten. Wenn man die Gartentür durchschritt, begann fern ein Hund zu bellen, kein echter Hund, keine schwarze Schnauze, kein struppiges Fell, aber immerhin das Tonband mit dem Bellen eines Hundes. In der Portierloge saß ein häßliches altes Weib, schnüffelnd und lauernd, gewiß unnötig, denn jedes Eintreten wurde elektronisch registriert. Aber über dieses alte Weib konnte man schmollen, man konnte sich beschweren, man lenkte sich ab, wenn die schielende Alte zahnlos grinste, lauschend den Kopf vorschob, eine brummige Bemerkung machte, vor sich hinmurmelte, diese jungen Mädchen seien doch alle gleich verdorben, wenn sie an Türen lauschte oder eigensinnig den Boden wusch, der zweimal täglich von Robotern saubergemacht wurde. Mehrere Zimmer des Heimes waren den Psychologen überlassen, die sich ständig bereit zeigten, verständnisvoll dem Weinen zu lauschen, Ratschläge zu erteilen und seelische Wunden zu heilen.

Anna fühlte eine Art fieberhafter Fröhlichkeit in sich, als sie durch die leeren Gänge des Heimes lief. So mußten sich Tiere fühlen, die aus einem Käfig ausgebrochen waren, neugierig, was weiter geschähe. Sie war neunzehn Jahre alt, sie war hübsch, sie hatte Ugo, der einmal ihr

Mann wäre, und sie hatte eine Aufgabe zu erfüllen, abseits der großen Fabrik. Auf geheimnisvolle Weise gehörte sie zu denen, die Gedanken kontrollierten, Menschen wie unter einem Mikroskop betrachteten, Schädlinge entdeckten und nach langer Prüfung ein Urteil sprachen. Sie verspürte Lust zu singen, es war schade, daß sie nichts von alledem Ugo erzählen durfte. Er tat ihr leid, dieser Ugo, der darauf brannte, seine Ergebenheit zu beweisen, der bei Spaziergängen nach Verrätern ausschaute, der Verdächtiges bemerkte und weitermeldete, Ugo, in dem der große Haß war gegen alles, was nach Verrat roch, denn Verrat war unhygienisch, abstoßend wie ein Bündel Lumpen, stinkend, häßlich wie die Männer, die man manchmal im Fernsehen zeigte: eine lange Reihe von Menschen mit glanzlos stumpfen Augen, mit huschenden, gierigen Augen, mit den Augen gefräßiger Reptilien. Schade für Ugo, daß er diese Chance nicht erhalten hatte, die ihr zugefallen war.

Es war herrlich, in ihrem Zimmer allein zu sein, sie schaute in den Spiegel, ordnete die Kämme, bürstete ihr Haar auf, duschte sich eiskalt und ließ anschließend heißen Dampf über ihren Körper sprühen. Es war ein kräftiger, gesunder Körper, bei dem jeder Muskel seinen Dienst tat, sie konnte es spüren, wenn sie abends in der großen Halle zum Turnen antraten, zu einem unbarmherzigen Turnen mit einer Frau, die den Rhythmus der Übungen mit einer Trommel schlug, immer schneller, immer schneller, das Herz begann zu pochen, und der Atem flog, aber ihr Körper gehorchte, ohne zu zucken. Und nachher duschten sie und schlüpften in ihre besten Kleider, dann zogen sie durch den Spiegelsaal, kicherten vor ihren Ebenbildern, knicksten verstohlen oder streckten die Zunge heraus.

Aber Anna merkte bald, daß sie die Stille nicht gewohnt war. Sie wurde unruhig, setzte sich, sprang wieder auf, und ganz plötzlich hatte sie den Wunsch, mit Ugo zu sprechen. Sie wußte, daß es schwierig sein würde, die Erlaubnis zu bekommen, aber sie fühlte sich stark genug, es zu versuchen. Sie ging die paar Schritte bis zum Zimmer der Vorsteherin und trat ein, ohne zu klopfen: Klopfen war in diesem Heim verboten, denn keine der Bewohnerinnen hatte etwas zu verbergen.

Die Vorsteherin gehörte zu jenen Frauen, deren Alter schwer zu schätzen ist. Sie hatte ein glattes, faltenloses Gesicht, und sie machte die Turnübungen mit. Aber es ging das Gerücht, sie leite das Heim schon seit dreißig Jahren, und manchmal kamen ehemalige Zöglinge, um sie zu besuchen, Frauen in mittlerem Alter, mit verlegenen

Gesichtern, und sie beteuerten, nie seien sie wieder so glücklich gewesen wie in diesem Heim.

»Ich habe eben die Mitteilung bekommen«, sagte die Vorsteherin sachlich, »du brauchst jetzt einige Zeit nicht in die Fabrik. Hast du einen Auftrag?«

»Darüber darf ich nicht sprechen«, sagte Anna.

»Gut, gut«, sagte die Vorsteherin geduldig, »ich habe auch schon Aufträge gehabt. Bist du froh darüber?«

»Ja«.

»Du kannst auch froh sein.«

»Ich hätte gern die Erlaubnis, mit Ugo zu sprechen«, sagte Anna.

Die Vorsteherin hob den Kopf und sah sie forschend an. »Dein zukünftiger Mann, wie? Da hat man sich schon einiges zu sagen?«

»Ja«, sagte Anna.

»Das trifft sich gut«, sagte die Vorsteherin, »ich habe ein Ansuchen von Ugo liegen, er möchte dich sprechen. Allein.«

»Wie allein?«

Die Augen der Vorsteherin begannen sekundenlang zu glitzern, ihr Gesicht spannte sich:

»Eben ganz allein. Du wirst doch schon davon gehört haben. Ein junges Paar muß Gelegenheit haben, allein zu sein.«

Anna hatte manchmal flüchtig an die Möglichkeit gedacht, aber den Gedanken rasch wieder fortgewischt, sie mochte Ugo, wie man einen Bruder mag, sie lachten gern miteinander, und sie konnten lange, ernste Gespräche führen. Und natürlich wußte sie, daß vor den Heiratserlaubnissen manchmal Zusammenkünfte vermittelt wurden, es gab einige Gebäude dafür, draußen vor der Stadt, eines der Mädchen hatte davon erzählt, es war müde gewesen und enttäuscht, und es hatte nicht recht gewußt, ob es nun glücklich war.

»Ja«, sagte sie leise. Sie hätte es Ugo niemals zugetraut, darum anzusuchen. Ugo war ein eher stiller Junge, und nur manchmal hatten ihre Finger einander flüchtig berührt, dann waren sie beide zusammengezuckt, und ein verlegenes Schweigen war zwischen ihnen gewesen. Und nun hatte er darum angesucht, sie allein sehen zu dürfen, in einem Zimmer, draußen vor der Stadt.

»Du kannst das natürlich ablehnen«, sagte die Vorsteherin.

Anna überlegte. Der stille Ugo stand vor ihren Augen, schüchtern, manchmal fanatisch, wenn er mit vorgeneigtem Kopf von etwas erzählte, manchmal niedergeschlagen, weil er nicht vorwärtskam. Und dann fiel ihr ein, daß sie den Auftrag hatte, einen Menschen zu töten, vielleicht bald, vielleicht erst in vielen Wochen, und das Gefühl des Alleinseins überfiel sie so stark, daß sie nickte.

»Ich möchte Ugo sehen«, sagte sie leise.

»Morgen abend«, sagte die Vorsteherin, »die Adresse ist hier aufgeschrieben.«

Sie überreichte Anna den Zettel, und wieder flackerten ihre Augen ein wenig.

»Danke«, sagte Anna.

»Da ist noch etwas«, sagte die Vorsteherin.

»Ja?«

»Du sollst einen gewissen Ol besuchen. Er hat seine Adresse hinterlassen. Er ist Kohlenhändler.«

»Wann soll ich ihn besuchen?« fragte Anna.

Die Augen der Vorsteherin waren wieder glanzlos geworden.

»Am besten gleich«, sagte sie.

Sie sah Anna nicht mehr an, die sich mit einem winzigen Lächeln verabschiedete. Ihre Gedanken waren weit fort, in jenem Haus, in dem sie das erste Mal ihren Mann getroffen hatte, bei jenem Auftrag, der gelautet hatte, sie möge ihn töten. Ein leichter Schauer durchlief sie, sie zog fröstelnd die Schultern hoch und drückte einen Knopf an der Heizung. Ein kaum hörbares Summen erhob sich, als streiche ein leichter Wind über Felder.

Der geheimnisvolle Ol

Wenn man in die Straße der Kohlenhandlungen kam, meinte man in einer anderen Welt zu sein. Das Licht war hier weniger hell, der Himmel grau, es gab keinen Beton, keine Glasfassaden, nur eine Kette niederer Gebäude ohne Fenster. In der Mitte jedes Hauses ein dunkles Loch, von dem aus Treppen in die Keller führten.

Anna blieb unentschlossen stehen, kontrollierte die Adresse, fand, daß sie richtig war, und musterte die schmutzigen Fassaden. Übelkeit überfiel sie und der starke Drang, kehrtzumachen. Früher mußten die Häuser Fenster gehabt haben, die man lieblos vermauert hatte, es sah aus, als hätten sich die Gebäude leicht vorgeduckt und die Augen geschlossen.

Eine Frau ging vorbei, sah sie furchtsam an, beschleunigte ihre Schritte und blieb ratlos stehen, als ihr Anna nachrief:

»Weißt du, ob hier Ol wohnt?«

Die Frau nickte, und die Furcht wischte über ihr Gesicht.

»Dort unten«, sagte sie.

Anna nickte dankend und sah, wie die Frau erleichtert weiterging, den Kopf hin und her schaukelnd und unhörbare Worte murmelnd.

Vom Keller her schlug ihr ein muffiger Geruch entgegen, die Treppen waren von einer feinen Schicht Kohlenstaub überzogen, und an den Wänden waren Eisenstangen befestigt, an denen man sich festhalten konnte. Anna griff danach, und das Gefühl des Ekels war nun ganz stark in ihr, sie spürte, wie ihre Hand feucht und schwarz wurde, und im Heim müßte sie sofort unter die Brause gehen. Während sie vorsichtig die Treppen hinunterstieg, gewöhnten sich ihre Augen nur zögernd an die Dunkelheit, ein breiter Schreibtisch wurde sichtbar, ein Geflecht von Röhren, durch das die Räume offenbar geheizt wurden, Kohlenreste auf dem Betonboden, eine riesengroße Uhr, ein Bild an der hinteren Wand, das einen glattrasierten, böse blickenden Soldaten zeigte.

Hinter dem Schreibtisch erhob sich ein Mann und blickte ihr entgegen, den Oberkörper leicht vorgeneigt, man konnte seinen prallen Bauch sehen, über den sich eine Weste spannte, die schwarz und würdig wirkte. Es war der Blick, der Anna erstarren ließ, ein Blick aus kleinen, eng beisammenstehenden Augen, neugierig und gleichgültig zugleich, ein Blick, der tief unter die Haut ging, erbarmungslos über ihren Körper glitt, einen Herzschlag lang gutmütig wurde und sofort wieder gefror.

»Da sind wir ja, da sind wir ja«, sagte der Mann, »und ich bin Ol.«

»Ja«, sagte Anna, »das habe ich mir gedacht.«

»Es macht dir doch nichts aus, zu stehen, oder?« fragte Ol. »Es ist nicht sehr bequem hier, gar nicht bequem, nur eine Kohlenhandlung, und ich bin so etwas wie ein lebendiges Überbleibsel aus einer Zeit, die es nicht mehr gibt, eine flüchtige Erinnerung an Schmutz, an Unkraut, an böse Dinge, verstehst du das?«

»Nein«, sagte Anna.

»Die Menschen, die zu mir kommen, werden unsicher, verstehst du? Eben noch haben sie sich ganz sicher in ihrer Welt bewegt, alles sauber, alles geordnet, aber plötzlich stehen sie vor Kohlensäcken, und das macht sie nervös. Sie können sich nicht erklären, was diese Säcke bedeuten sollen, vielleicht haben sie solche Säcke noch nie gesehen, und sie fragen sich sofort, was die Säcke sollen, wo überall mit Atomen geheizt wird. Das geht ihnen nicht mehr aus dem Kopf, verstehst du? Und immer, wenn sie an mich denken, werden sie unruhig, verstört, ich bedrohe sie, verstehst du?«

Anna antwortete nicht, ihr Blick hing an diesem fetten Mann, vielleicht konnte er auch gutmütig aussehen. Wenn er Kinder auf seinen Knien schaukelte oder wenn er Bier trank. Vielleicht war er ein ganz gewöhnlicher Mensch mit einer schlechten Verdauung, vielleicht schnarchte er im Bett, vielleicht führte er große Worte, wenn er mit Kameraden zusammenkam.

»Du wirst lernen, daß es viele Dinge gibt, die dir sinnlos erscheinen«, sagte Ol, »aber du denkst nicht darüber nach, sondern du tust sie.«

»Das begreife ich«, sagte Anna.

»Du trägst zum Beispiel Kohlensäcke in Häuser, die keine Kohlen brauchen, verstehst du? Und das erscheint dir sinnlos, was?«

»Ja.«

»Und du tust es trotzdem?«

»Ja.«

Ein breites, zufriedenes Lächeln ging über sein Gesicht. »Dann werde ich dir sagen, wo der Sinn liegt. Du gehst in ein Haus, und du erschreckst die Leute, du verärgerst sie, du machst sie zornig. Aber in diesem Augenblick lassen sie eine Sekunde lang ihre Masken fallen. Sie sind nackt. Und du siehst sie in ihrer erbärmlichen Nacktheit, und du hörst jedes Wort, das sie sagen, und du meldest jedes Wort.«

»Ja«, sagte Anna gehorsam.

»Darauf haben wir unseren ganzen Staat aufgebaut«, sagte Ol glücklich, »die Kohlenmänner haben ihn gebaut und die Hausbesorger und die Gasmänner und die Briefträger. Ganz klein sind sie durch die Häuser geschlichen, aber ihre Augen waren überall, und ihre Ohren waren an jeder Wand. Die anderen fühlten sich sicher, aber wir hatten schon alles registriert, wir waren noch immer klein, aber wir sind schon gewachsen, jedes Schimpfwort hatten wir auf Band, jedes Wort eines Betrunkenen, die Geräusche in den Schlafzimmern, die Gespräche in der Küche, das Flüstern auf den Liebesbänken. Und dann sind wir gewachsen und gewachsen, und niemand konnte uns aufhalten. Wir haben hier ein Wort fallenlassen und da ein Wort, und niemand hat den Mut gehabt, uns zu widersprechen. Die Stiefel haben sie uns geleckt. Und sie haben freudig in die Hände geklatscht, wenn der große Kohlenmann gekommen ist, und sie haben die Briefträger in ihre Schlafzimmer geführt, und den Gasmann haben sie mit Fressen vollgestopft. Und dann haben wir gesagt: Der muß weg, und der muß weg, und ganz von selber haben sie uns ihre Freunde ausgeliefert und ihre Großmütter, und sie haben selber begonnen, an den Türen ihrer Eltern zu lauschen, ganz klein, ganz demütig, und wenn sie brav gelauscht haben, haben wir ihnen ein Stück Blech als Anerkennung verliehen. Wir, die Partei, die große Partei der Kohlenmänner, der Gasmänner und Hausbesorger. Und der Briefträger.«

»Jetzt sehe ich den Sinn«, sagte Anna langsam.

Ols Augen waren nun weit geöffnet. Er hatte ein fleischiges Gesicht und Backen, die aussahen, als habe man ihn geschlagen. Er sah durch Anna, und seine Gedanken waren weit fort, bei der Revolution der Briefträgerbrigaden, beim Sturm der Kohlenmänner. Es war nur das letzte Stadium gewesen, denn wie Maulwürfe hatten sie gearbeitet, unmerklich, geheim, hier ein Stück Mut angeknappert, da den Neid zu glühenden Flammen geschürt, unter der Oberfläche war es geschehen. Heimlich waren die Kinder in die Keller geschlichen und hatten ihre Eltern angezeigt, still und leise hatte man einem Oberlehrer einen Orden an die Brust geheftet, nur im geheimen zu tragen, zum Pyjama oder vor dem Spiegel im Vorzimmer. Aber eines Tages waren sie alle losgestürmt und hatten das Seegras aus Polsterstühlen gefetzt, hatten

Bücher mit Kohlenbergen überschüttet, hatten wertlose Barockhäuser wie Kartenburgen in die Luft geblasen, die Polizisten hatten sich angeschlossen und ihre geheimen Orden hervorgerissen. Alle waren sie nun dabei, alle, und zum Zeichen der Einheit hatten sie in der Masse den neuen, gewaltigen Gruß geübt: die Fäuste dreimal hochgestoßen, so wie Kohlenmänner ihre Säcke hochstemmen, so wie Gasmänner ihre Rechnungen zücken, so wie Briefträger Eilpost schwenken, so wie Hausbesorger ihre geheimen Nachrichten in den nächsten Wohnblock signalisierten, der neue Massengruß, der neue Machtgruß, der neue Mannesgruß: Heißa, heißa, heißa, freudig unter Freunden, gurgelnd und trunken hervorgestoßen, aber bedrohlich für die Feinde wie das Zischen entschlossener Schlangen: Heiß-sa, heiß-sa, heiß-sa. Wie das Zischen des Giftgases, das durch verräterische, schmutzige Wohnungen zischte, alles niedermetzelnd und doch reinigend, denn der neue Geist zog nun dort ein. Heiiiiii wie das Brausen machtvoller Rufe, helles Kinderfreudengeschrei, das reinigende Rufen blonder Jungfrauen, das Trappeln zielbewußter Kinderstiefel.

»Nichts siehst du, nichts verstehst du, kannst du gar nicht verstehen, weil du nicht dabei warst, zu jung warst, damals, als alles anders war. Klavierbauer bin ich gewesen, ja, immer Klaviere bauen, schwere Dinge, immer nur bauen, nie darauf spielen, aber die anderen klimpern darauf, freche Rotznasen und Leute mit feinen Händen, nicht dreckig vom Staub, nicht rissig vom Regen und vom Schnee, weiße, feine Hände, die klimpern, plimpplimplimp, und du kannst dich immer nur abschleppen. Aber du schaust dem Klimperer zu, du kriechst in sein Gehirn, du schleichst ihm nach, wenn er zu seiner Freundin geht, du weißt alles über ihn. Und eines Tages stehst du in seinem Zimmer, und dann sagst du: Aus ist es mit deinen Misthänden, und aus ist es mit deinem Mistklavier. Kohlen leere ich in dein Klavier, haha, ein feiner Spaß, was, Kohlen im Klavier?«

Ol begann zu lachen, und sein Adamsapfel hüpfte hin und her wie ein Aufzug in einem kleinen Haus, der rasend schnell auf- und abwärts fährt. Er verließ seinen Schreibtisch und ging langsam auf Anna zu, noch immer lachte er sein breites, zufriedenes Lachen, aber seine Augen waren in ihrem Gesicht, und sie kamen immer näher.

»Ein hübsches Mädchen bist du«, sagte er. »Und weißt du auch, warum du so hübsch bist? Das waren wir, die das für euch gerichtet haben. Leute wie ich, was, das hättest du nicht gedacht? Inzwischen haben die oben ja alles organisiert, fein organisiert, haben sich ja auch die Oberlehrer vorgedrängt mit ihren Orden, alles läuft wie geschmiert mit Beton und Glas und so, und seid ihr ja alle feine Puppen geworden, die kichern und beim Fernsehen sitzen und ganz feine, organisierte Spatzenhirne haben, aber die da oben, die wissen schon, wem sie die Macht zu verdanken haben.«

Anna fühlte ein leichtes Gefühl des Schwindels, wenn sie in diese Augen blickte, und es schien ihr, als habe sich Ol verdoppelt, verdreifacht, es gab eine Ol-Armee, grinsend und fett, sie äugten aus Kellern hervor und aus Fahrstühlen, saßen in Heizkörpern und marschierten singend durch die Straßen, oben Ol und unten Ol, man wußte nicht genau, welcher Ol der Führer war, und vielleicht war der oberste Führer dieser Ol, der Ol aus dem Kohlenkeller.

»Ich soll einen Auftrag bekommen«, sagte sie mühsam. In der Schule hatte sie gelernt, sich auf einen einzigen Gedanken zu konzentrieren, sich daran zu klammern, schon als Mädchen hatten sie das geübt. Sie hatte dann vortreten müssen, und von allen Seiten war sie gefragt worden, ob sie nicht doch eine Puppe haben wolle und ob sie nicht bei ihrer Mutter leben wolle und ob sie nicht Sehnsucht nach ihrem Vater habe und ob es nicht schön wäre, über Wiesen mit echten Blumen zu gehen, mit Blumen, die duften und im Wind schwankten und von Bienen umschwärmt werden. Und immer hatte sie sich an den Gedanken geklammert, so ist es bestimmt, so ist es organisiert, so ist es richtig, weil es die Elektronengehirne errechnet haben, die nie irren und nicht beeinflußt werden können von Puppen und Blumen.

»O ja«, sagte Ol verächtlich, »heute bekommt schon jeder einen Auftrag, man muß ja sehen, ob ihr richtig funktioniert.«

»Ist es ein wichtiger Auftrag?« fragte Anna.

Ol machte kehrt und ging zu seinem Schreibtisch zurück, er ließ sich schwer in den Sessel fallen und verschränkte seine dicklichen Finger.

»Nein«, sagte er, »er ist völlig unwichtig, ein Auftrag, den wir in ein paar Minuten erledigen könnten. Du bist ein Werkzeug, sonst nichts. Und du bist nicht einmal das einzige Werkzeug, das wir dazu verwenden, das brauchst du dir gar nicht einzubilden.«

»Das weiß ich«, sagte Anna.

»Ich sehe das so«, sagte Ol genußvoll, »ihr seid drei oder zehn Leute, was weiß ich, und ihr habt den Auftrag, ein Kälbchen zu schlachten. Zuerst ist euch das gleichgültig, vielleicht könnt ihr Kälber gar nicht leiden. Aber dann gewöhnt ihr euch an das Kälbchen, es ist zutraulich, vielleicht ist es ein sehr nettes, kleines Kälbchen. Und eines Tages bringt es einer von euch um. Vielleicht wißt ihr gar nicht, wer es gewesen ist. Ihr dreht an einem Knopf, oder ihr wählt eine bestimmte Speise in einem Automaten, und auf einmal ist das Kälbchen tot. Und ihr geht zurück, und ihr denkt natürlich darüber nach, und ihr könnt niemals ganz sicher sein, wer das Kälbchen umgebracht hat. Aber ihr habt eure Pflicht getan, und das Kälbchen ist tot.«

»Und es ist wirklich ein Kälbchen?« fragte Anna.

Ol lachte, und sein Adamsapfel begann wieder zu tanzen. »Ist dir jemals aufgefallen, daß wir gegen Kälber kämpfen? Menschen hängen wir auf oder löschen sie ganz hygienisch aus, wir machen sie zu nettem, weißem Pulver, das Opfer darf nie ganz sicher sein, verstehst du? Bis zum Schluß darf es sich nicht darauf freuen, gekreuzigt zu werden und damit ein Märtyrer zu sein, das wäre zu einfach. Es kann auch ganz plötzlich von der Straße verschwinden, pfscht, und es ist verschwunden, nicht einmal Rauch, ein Nichts, ein klägliches Nichts.« Seine Finger begannen gegen die Schreibtischplatte zu trommeln.

»Würdest du gern einen Menschen kreuzigen?« fragte er. »So einen richtigen, lebendigen Menschen ganz langsam ans Kreuz schlagen?«

»Ich habe noch nicht darüber nachgedacht«, sagte sie. Plötzlich fiel ihr Ugo ein, sie mußte mit ihm darüber sprechen, ganz allgemein, sicher würde er gern einen Menschen kreuzigen, aber sie selbst verspürte ein wenig Angst vor dem Gedanken. Im Fernsehen hatten sie manchmal solche Dinge gesehen, und die Mädchen hatten gelacht, daß es in den Ohren schmerzte, und manchmal war eines der Mädchen rasend geworden und hatte gekreischt, nieder mit den Menschen von unten, hatte es gekreischt, nieder mit den Schmutzfinken, nieder mit den Schmeißfliegen!

»Na ja«, sagte Ol, »das hat ja noch Zeit. Der Mann heißt Raven, und er ist Arzt in einem Krankenhaus.«

Raven! Nun war der Name ausgesprochen. Raven, das war nun ihre Aufgabe, Raven, den sie belauern würde, immer hinter ihm her, nichts war nun mehr wichtig, nur Raven, Raven, Raven! Wie Feuer stand der Name im Raum, zwischen den Säcken mit Kohle (ob sie wirklich Kohle enthielten?), zwischen dem Röhrengeflecht und dem Bild des ernstblickenden Mannes an der Wand (ob er einer der Revolutionsführer war, einer von den Heißa-Kohlenmännern?), Raven, wie Feuer, ein starkes Feuer, das nicht mehr zu löschen war und von dem sie nicht genau wußte, ob es ein angenehmes Feuer war. Früher hatte sie sich oft vorgestellt– bei der Lektüre des Schullesebuches und bei den Geschichten über die großen Helden der Nation, über die Tapferen, die Kühnen, über jene, die wie stählerne Säulen waren, wie Laserstrahlen, gebündeltes Licht, tausendfach gesammelte Energie –, wie es sein müsse, einen Auftrag zu erhalten, wie man zu beben anfange vor Freude und Leidenschaft, doch nun war alles ein wenig anders. Flüchtig durchlief sie der Gedanke, eben erst sei sie aus einem Traum erwacht, eben erst habe sie zu denken begonnen, und bis jetzt sei sie nichts anderes gewesen als ein hübsches Wesen ohne Leben.

»Was hat er getan?« fragte sie leise.

»Getan«, sagte Ol verächtlich, »ist das wichtig? Ist das wichtig, wenn andere ihn ausgewählt haben, wenn sie ihn ertappt haben, wenn sie ihn hundertmal überführt haben, festgenagelt, von allen Seiten bloßgelegt wie ein Skelett? Wenn das Todesurteil von oben kommt, verstehst du, von oben?«

»Nein«, sagte Anna rasch, »natürlich ist es nicht wichtig.«

»Du wirst jetzt aufhören, Fragen zu stellen«, sagte Ol, »denn alles, was du fragen willst, ist längst beantwortet. Und du wirst aufhören, zu reden, was? Wir werden Spürhunde hinter dir herschicken, plumpe und schlaue Spürhunde, Kohlenmännerspürhunde, aber auch feine, die dir Fallen stellen, ganz feine. Immer werden sie hinter dir hersein.« Die Begeisterung trieb ihn fort und ließ seine Augen leuchten. »Wie früher wird es bei dir sein. An jeder Wand wird ein Ohr lauschen, wie Blutsauger werden wir an deinen Lippen hängen, und in der Nacht werden wir auf deiner Brust sitzen und lauschen, was du träumst und was du stöhnst und was du vor dich hinmurmelst. Und es ist dein Problem, daß du kein Wort verrätst, nicht ein Wort, verstanden?«

Es war kalt in dem Keller, und es war voll Leben hier, nicht wie in dem stillen Mädchenheim. Hier tropften die Wände und atmeten die Kohlensäcke, und selbst der schwarze Staub kroch hin und her.

»Geh jetzt«, sagte Ol, »alles andere wirst du hören. Er heißt Raven, und du wirst ihn töten.«

Zufrieden und verschlagen stand Ol stramm vor ihr, und die Kohlensäcke an den Wänden sahen aus, als seien sie eine Armee. Eine schmatzende, lauschende, kohlenmannbriefträgergasmannböse Armee.

Menschen entdecken einander

Raven war nervös, er schluckte eine von diesen Pillen, wie sie zu Millionen auf dem Markt waren und gierig geschluckt wurden – bei Kontrollen fand man Berge davon in den Häusern –, aber sie beruhigte ihn nicht, sie gab ihm nicht die gelöste Stimmung zurück, ein klein wenig zu schweben, im Gehen die Leute zu beobachten, als sitze man selbst auf einer Gartenmauer, die Beine abwärts, leicht hin und her baumelnd, und betrachte das Treiben, das einen nichts anging: wie die Taube in den alten Büchern, Hunderte von Tauben, die auf steinernen Brunnenrändern hockten, den Kopf neugierig vorgeschoben. Er wußte nicht genau, warum er es tat, aber er griff in die Tasche und stellte Jennys Wellenlänge ein.

»Hallo, Jenny«, sagte er, »wie geht es immer?«

Er konnte sich ihr ärgerliches Gesicht vorstellen. »Hast du getrunken?« fragte sie kühl.

»Nein, soll ich?«

»Wenn es dir Spaß macht.«

»Ich würde dich gern sehen«, sagte er.

»Warum?«

»Nur so.«

»Ich habe zu tun«, sagte sie, »und wenn ich dich treffe, wirst du wieder unausstehlich sein.«

»Ich bin beim Ausgang von 339«, sagte er, »es wäre nett, dich zu sehen. Ich will in den Tunnel.«

»Gut«, sagte sie plötzlich.

»Danke«, sagte er.

Er stellte sich vor, wie ihr Gesicht nun in nachdenkliche Falten gelegt war, wie sie in den Mantel schlüpfte und genau angab, wo sie zu erreichen war. Manchmal fand er sie hübsch mit ihrem straffen Haar und ihren aufmerksamen Augen, sie war ein tüchtiges Mädchen, keines von denen, die sich wie Marionetten bewegten. Sie hatte einen scharfen Verstand, und sie lachte nicht sinnlos, ihr Lachen kam selten und langsam, von innen heraus. Aber manchmal fand er sie unausstehllich, gefühllos wie einen Stein. Wenn man ein lebendiges Ding in Wasser wirft, so wird es strampeln, um sich schlagen, vielleicht auch schreien, mit verzerrtem Gesicht, den Mund weit offen; nur Jennys Gesicht wäre unbewegt, und sie sänke zum Grund mit einem Gesicht, das einer Maske gliche.

Raven hatte Zeit, die Menschen zu beobachten, die aus den Rolltreppen-Ausgängen fluteten. Sie hatten es eilig, ohne genau zu wissen, warum, sie hatten es eilig, in den Wohntürmen zu verschwinden und mit dem Lift endlos hochzusurren, stolz, wenn sie weiter oben wohnten, aber voll Hoffnung, einmal höher zu kommen, wenn man ihnen eine Wohnung in den unteren Geschossen zuteilte. Es war streng verboten, ein oberes Stockwerk zu betreten, wenn man nicht dort hingehörte. Und so verloren sich die Türme in nebelhaften Höhen, niemand wußte genau, wo sie endeten, und wahrscheinlich reichten sie hinauf bis Vienna 1 und setzten sich dort fort. Raven hatte von Männern gehört, die in einem Anfall von Tollkühnheit immer höher gefahren waren, bis dorthin, wo elektrisch geladene Gitter die Weiterfahrt stoppten, wo kontrolliert wurde und Soldaten mit Strahlenpistolen standen. Es mußte Zehntausende von solchen Übergängen in die Höhe geben, aber sie durften nur von einer bestimmten Klasse benützt werden, längst nicht mehr von den Briefträgern und Kohlenmännern, denn diese waren nur die Werkzeuge der Revolution gewesen, brüllende Mitläufer, denen man unten in Vienna 2 scheinbare Machtpositionen überlassen hatte. Wer bei den Übergängen gestoppt wurde, hatte mit schweren Strafen zu rechnen, und niemand hatte mehr Lust, dieses Wagnis einzugehen; man hatte die Übergänge aus dem Gedächtnis verdrängt, sie existierten nicht, und vielleicht waren sie tatsächlich schon lange beseitigt.

Die Menschen, die wie Ameisen ihren Wohntürmen zurollten, erinnerten Raven an seine Patienten. Es war seltsam, wie sie sich in wenigen Jahrzehnten gewandelt hatten. Sie hatten ein Stück von sich selbst verloren, ohne es zu empfinden, es war, als hätten sie etwas Unnützes abgestreift, einen Schatten vielleicht, denn wer brauchte heute schon einen Schatten? Einer von den alten Chirurgen hatte Raven einmal erzählt, wie es am Anfang gewesen war, zu der Zeit, als die Selbstmordrate in den Wohnblöcken beängstigend hoch gestiegen war, Frauen hatten sich aus den Fenstern gestürzt, mit dem Kopf voran, Frauen, die den Entschluß ganz plötzlich gefaßt hatten, eben hatten sie noch auf ein Kind eingeredet, waren zum Fenster gegangen, hatten einen Blick hinuntergeworfen, und plötzlich waren sie vorgekippt, ohne einen Laut.

Früher waren die Patienten anders gewesen. Im Schlaf und in der Narkose hatten sie von Schatten geträumt, von wilden Taten, die sie vollbringen wollten, sie hatten davon geträumt, ihr Fenster zu vergrößern, nur damit es anders aussehe als das Fenster der Nachbarwohnung, sogar Tannenbäume hatten sie in die Fenster pflanzen wollen. Und manchmal waren Verrückte durch die Straßen gelaufen, die sich blau bemalt hatten oder grün, blau am ganzen Körper, grün am ganzen Körper, nun sahen sie ganz anders aus als die anderen und warfen jubelnd die Arme hoch und sangen wirre Lieder und hockten sich auf die Rolltreppen und bespuckten Passanten und legten sich auf den Gehsteig und schrien, sie warteten auf den Regen, jawohl, auf den Regen, und wenn man hundertmal sagte, hier werde es niemals regnen, sie warteten auf den Regen, auf große, graue, runde Tropfen.

Doch von Jahr zu Jahr wurden die Verrückten weniger, die Frauen sahen nicht mehr beim Fenster hinaus, sie gingen in lautlosen, weichen Schuhen durch die Wohnung, plauderten mit den Figuren auf den Bildschirmen, fütterten künstliche Vögel, hielten Komiteesitzungen ab, waren weich und zufrieden, aber manchmal unerbittlich und böse, wenn es galt, geheime Gedanken bei ihren Freundinnen aufzuspüren, sie aus den vertrauten Körpern herauszulocken, ans Licht zu zerren, und dann saßen sie genießerisch zusammen und verdammten jene, die überführt waren. Und die Patienten redeten nicht mehr, nicht, wenn sie schliefen, und nicht, wenn der Schmerz ihren Körper eingehüllt hatte, sie lagen starr, steif, eingefroren, das Gesicht zur Decke zugewandt, und manchmal lächelten sie.

Als Raven seine Wohnung zugeteilt erhalten hatte, war er froh gewesen, denn man hatte ihm alle Sorgen abgenommen, und selbst als er mit der persönlichen Einrichtung begonnen hatte, mit eigenen Ideen, mit angespannter Phantasie, hatten die Verkäufer nur geduldig gelächelt und ihm bereits verpackte Gegenstände zugeschoben. Es war, als hätte jeder die gleichen Ideen, die in watteverpackten Gehirnen hin- und herliefen, ein ruhiger Strom von Gedanken. Und später hatte er sich bei dem Gedanken ertappt, vielleicht sei er kein Mensch, vielleicht sei er einer dieser neuartigen, komplizierten Roboter, und er hatte in fieberhafter Eile nachgelesen, alles, was über Roboter geschrieben worden war, und einmal hatte er sich tief in die Hand geschnitten und das Blut unter einem Mikroskop untersucht.

Er sah Jenny erst, als sie dicht vor ihm stand, sie hatte einen Mantel übergeworfen, und ihr Gesicht war verschlossen wie immer.

»Schön, daß du kommst«, sagte Raven.

»Ich habe nicht viel Zeit«, sagte sie, »aber ich dachte, es habe einen Grund, wenn du mich rufst.«

»Welchen Grund?« fragte er.

Sie verzichteten auf die Rolltreppen und gingen langsam den Gehsteig hinunter, eingezwängt in eine hastende Menge, die sie manchmal auseinanderbrachte und dann wieder zusammenspülte.

»Du bist nicht der Typ, der einfach mit einem Mädchen spazierengehen will«, sagte Jenny, »bei dir steckt immer etwas dahinter.«

»Und du bist nicht der Typ von Mädchen, der einfach mit einem Mann spazierengeht.«

Er sah, daß sie eine Sekunde verlegen wurde und die Augen zu Boden schlug.

»Warum eigentlich nicht?« fragte sie.

»Du bist zu ernst«, sagte er, »du willst immer jemand bessern. Wenn du einen faulen Apfel am Boden siehst, willst du ihn hübsch auseinanderschneiden und einen Teil davon retten.«

»Ist das ein Verbrechen?« fragte sie.

»Ich weiß nicht«, sagte er.

»Du bist in Schwierigkeiten, nicht wahr?« fragte sie sachlich. »Du hast etwas, was du mit dir herumschleppst. Und du bist natürlich viel zu großartig, um mit jemandem darüber zu sprechen.«

»Ja«, sagte er, »zufrieden?«

»Und was ist es?«

»Nichts«, sagte er langsam, »nichts, worüber man reden könnte. Nichts, was man in die Hand nehmen könnte. Es ist einfach da, und man wird es nicht mehr los. Hast du das nie gehabt?«

»Doch«, sagte sie. Sie blieb neben ihm stehen, und sie standen nebeneinander, während die Menschen mit erstaunten Blicken an ihnen vorbeitrieben.

»Einmal«, sagte sie, »einmal, als über Nacht meine Eltern verschwanden. Alle beide. Ich weiß nicht, ob du dir das vorstellen kannst, über Nacht sind sie plötzlich verschwunden. Du machst dir natürlich deine Gedanken darüber und versuchst, einen Schuldigen zu finden. Du zögerst natürlich. Es ist nicht so einfach, seinen Eltern die Schuld zu geben. Aber dann triffst du deine Entscheidung. Und die muß halten. Sonst kommst du später einmal darauf, daß dein ganzes Leben falsch war.«

»Komm weiter«, sagte er. Er sah sie nicht mehr an. »Du hast nie etwas davon gesagt.«

»Wozu?« fragte sie. »Das geht nur mich etwas an. Aber seitdem waren sie immer mit mir zufrieden, immer. Ich habe nichts mehr falsch gemacht. Ich überlege alles. Auch wenn sie im Spital über mich lachen und sagen, ich sei ein lebendiges Elektronengehirn.«

Sie erreichten den Tunneleingang und stiegen die Treppen hinunter. Der Tunnel war einer von vielen, die den Anschluß nach Vienna 1 hatten, aber niemand wußte genau, wann die Züge fuhren. Wer die Erlaubnis bekam, hinaufzufahren, mußte Geduld haben, er sollte sich daran gewöhnen, einzusehen, daß eine Erlaubnis gar nichts war, ein Stück Papier, dessen Inhalt jederzeit widerrufen werden konnte, ein Scherz vielleicht, oder eine Art von Einweisungsschein in die Verbannung. Manchmal fuhren in einem Tunnel drei Züge am Tag, aber dann lag er wochenlang still, die Signale standen auf Rot, und auf dem Bahnsteig lagerte eine geduldige Menge, tagelang, ging nach Hause, kam wieder, starrte in das Dunkel, aus dem der Zug kommen mußte, Gerüchte schwirrten durch die Menge, einer wußte es ganz sicher, aus vertraulicher Quelle, heute käme ein Zug, dann erhob sich die Menge, erzählte es hastig weiter, riß Koffer an sich, brüllte nervös nach den Kindern, fingerte in den Taschen, ob die Ausweispapiere noch da seien. Doch dann kam das Gegengerücht, im Nachbartunnel sei erst gestern ein Zug eingefahren, und das bedeute, daß diese Strecke längere Zeit nicht befahren werde, vielleicht sei sie überhaupt totgelegt worden, wertloses Geleise, weiter vorn hätte man schon die Schienen abmontiert.

»Warum gehen wir hierher?« fragte Jenny.

»Setz dich«, sagte Raven ratlos, er wußte es nicht, er liebte es nur, hier zu sitzen und die Menschen anzusehen, auf einer Bank zu kauern und ihrem Murmeln zu lauschen.

»Das Dunkel macht mich nervös«, sagte sie, aber sie setzte sich gehorsam.

»Es ist lebendig«, sagte er, »findest du nicht? Hier ist alles lebendig. Die Menschen haben Hoffnung. Du brauchst nur ihre Blicke zu sehen, wie sie dort hinüberstarren, als könnten sie das Dunkel durchdringen. Und wie sie hören. Wie Jagdhunde lauschen sie.«

»Sie sind im Aufbruch«, sagte Jenny, »das ist es.«

»Trinkst du was?« fragte er.

»Nein«, erwiderte sie.

»Du wirst mit mir trinken«, sagte er. Er holte zwei Becher aus einem der Automaten und ließ sie vollaufen.

»Das beruhigt«, erklärte er. »Du sitzt da und trinkst und bist ganz ruhig. Es geht dich nichts mehr an. Du sitzt da und trinkst und stellst dir vor, daß du in einen Zug steigst, und drüben wirst du schon abgeholt. Drüben scheint die Sonne, und Kühe sind auf der Weide.«

»Drüben sind keine Kühe auf der Weide«, sagte sie, aber sie nahm den Becher und trank.

»Du hast doch den Schein für drüben«, sagte er, »warum fährst du nicht?«

»Das geht dich nichts an«, sagte sie.

»Du hast einen Liebhaber, was?« fragte er grob. »Die kleine Jenny hat einen Liebhaber, den versteckt sie vor uns; vielleicht hast du ihn unter deinem Bett versteckt, und zwischen den Operationen holst du ihn hervor.«

»Du bist gemein«, sagte sie.

»Warum bin ich gemein? Ich spiele nur das vorgeschriebene Spiel. Ich denke über dich nach, ich versuche mir Dinge vorzustellen. Und dann entdecke ich etwas, was mich stutzig macht. Ich entdecke deinen Liebhaber.«

»Du kannst entdecken, was du willst«, sagte sie böse, »weil du ein Träumer bist.«

»Richtig«, versetzte Raven. Er stand auf und holte einen zweiten Becher, er fühlte sich ein wenig wärmer, und es machte ihm Spaß, neben Jenny zu sitzen.

»Ich träume. Ich träume, wir sind ein Liebespaar, und eines Tages werden wir heiraten, und wir werden eine Wohnung zugewiesen bekommen, ziemlich hoch oben, meine ich, denn du bist ein braves Mädchen, sehr brav, sehr anständig, und ich bin einer von den anständigen Ärzten, die wie Roboter arbeiten, schnipp, hier ein Patient operiert, schnipp, da eine Leber herausgeschnitten, ohne viel zu fragen, ohne darüber nachzudenken. Wir bekommen also eine Wohnung, hoch oben, und die Leute sehen uns neidisch an, wenn wir in den Lift steigen, wie ein sehr würdiges, sehr anständiges Ehepaar.«

»Du bist verrückt«, sagte sie leise.

»Oder wir bekommen beide den Schein für oben. Die brauchen doch Leute wie uns, da oben. Wir legen uns auf eine Wiese und lassen uns die Sonne ins Gesicht scheinen. Wir fahren zu einem Fluß, nur wir beide, und wir haben Angeln mit, die halten wir ins Wasser, und wir tun nichts weiter, als auf die Fische warten, schöne, grüne Fische.«

»Ich habe noch nie von einem grünen Fisch gehört«, sagte sie.

»Aber ja, aber ja«, sagte er, »du hörst ja nie etwas. Du hast wohl auch nichts von dem Seiltänzer gehört, was?«

»Von welchem Seiltänzer?« fragte sie.

Eine Bewegung war durch die Menge gegangen, sie erhoben sich und reckten die Hälse, es sah aus, als habe jemand Steine ins Wasser geworfen, nun zogen Kreise im Wasser, drei standen auf, dann zehn, die Müdigkeit verschwand aus ihren Gesichtern, einer schrie, er habe ein Geräusch gehört, ein fernes Geräusch freilich, aber ein Geräusch, wie es nur von einem rollenden Zog verursacht wird, von diesen Zügen, die fast lautlos über die Schienen gleiten. Sie sind ganz plötzlich da, mit abgeblendeten Scheinwerfern, und sie halten nur kurz, man muß sich beeilen, muß nach den Kindern schreien, muß andere zur Seite stoßen, immer vorwärts, nur hinein in diesen Zug mit den abgeblendeten Scheinwerfern, und gleich wird er die Station wieder verlassen, wenn nur kein Kind zurück bleibt.

»Es ist ein Seiltänzer in der Stadt«, sagte Raven, »ich habe es gehört. Komisch, was, ausgerechnet ein Seiltänzer, wo doch Seiltänzer verboten sind, aber es soll ein richtiger Seiltänzer sein, und er spannt sein Seil zwischen den Häusern, und er trägt eine rote Kappe und hat eine lange Stange in der Hand, und dann steigt er auf das Seil und beginnt zu singen.«

»Du bist verrückt«, sagte sie. »Es gibt keine Seiltänzer mehr.«

»Ich habe es gehört«, sagte er, »und er trägt eine rote Kappe.«

»Du hast ihn erfunden« sagte sie und sah ihm zu, wie er seinen dritten Becher füllte. »Du bist Arzt, und du solltest weiß Gott andere Gedanken haben.«

»O ja«, sagte Raven vergnügt, »die habe ich doch immer gehabt. Karbol, Watte, Klammern, Laser. Nichts sonst, keine lebendigen Menschen, nur Diagramme und Akte.

»Genügt das nicht?«

»Was weiß ich?« fragte er. »Ich bin in einem dieser verfluchten Erziehungsheime aufgewachsen. Wir waren freche, kleine Burschen, und von klein auf hat man uns unter dem Mikroskop gehabt. Wenn einer gut gezeichnet hat, dann durfte er Zeichner werden, und wenn einer gut reden konnte, dann hat er von klein auf eine gute Karriere vor sich gehabt, phantastisch, was? Und eines Tages haben wir eine tote Katze im Zimmer gefunden. Und ich habe ein Messer genommen und habe sie auseinandergeschnitten.«

»Ich weiß«, sagte sie.

»Das war natürlich ein großartiges Erlebnis für einen Jungen, eine eigene, tote Katze, so was kommt nicht oft vor, was? Aber im Heim war dieses Erlebnis schon eingeplant, es stand auf dem Speisezettel des Heimleiters, und weil ich die Katze auseinandergeschnitten habe, durfte ich Arzt werden. Solche Zufälle stehen in allen Heimen auf dem Programm.«

»Ich weiß«, bestätigte sie, »und wir sollten dankbar dafür sein.«

»O ja«, sagte Raven, »dafür, daß man das Beste aus uns herausholt. Daß man uns ausquetscht wie Zitronen, daß nichts mehr bleibt von uns, nicht ein bißchen. Du kannst mich nach Belieben mit einem anderen Arzt austauschen, wie man Glühbirnen auswechselt, und kein Mensch würde es bemerken.« Er trank und prostete Jenny zu, die sich bemühte, an ihm vorbeizusehen.

»Nur den Seiltänzer, den kann man nicht auswechseln«, sagte er. Er lachte plötzlich. »Vielleicht bin ich der Seiltänzer, vielleicht gehe ich nachts umher und spanne mein Seil, und du stehst tief unter mir auf der Straße, und ich trage die rote Kappe und winke dir zu.«

»Das wäre gefährlich«, sagte sie.

»Für dich? Nur weil ich dir zuwinke?«

»Auch«, sagte Jenny ruhig, »vielleicht hat meinen Eltern auch nur jemand zugewinkt, wer weiß? Aber für dich wäre es gefährlich.«

»Ich könnte abstürzen«, erklärte Raven, »aber Seiltänzer stürzen selten ab.«

»Sie würden dich auslöschen«, sagte sie, »mit Strahlen beschießen, mit Kanonen. Vielleicht würden sie dich mit Federn schmücken wie einen Vogel und mitten auf dem Seil verbrennen. Du wärst ein ziemlich lächerlicher Anblick.«

»Würdest du dich schämen für mich?« fragte er.

Sie hatte den Kopf abgewandt.

»Ich bin nicht sicher«, sagte sie.

Zuerst war es ein leises Grollen, dann schwoll es an, und man sah die Scheinwerfer des Zuges, er rollte gemächlich ein, und ein Schrei ging über den Bahnsteig, eine Frau schrie mit ganz schriller, ganz hoher Stimme, ihre Kinder seien nicht da, eben seien sie noch hiergewesen, aber nun könne sie sie nirgends finden. Der Zug blieb stehen, doch seine Türen öffneten sich nicht. Ein Mann mit einem großen Koffer schlug wild um sich, er gebrauchte den Koffer wie einen Rammbock und stieß einen kleinen Mann zur Seite, der niederfiel und wie ein Käfer auf dem Rücken lag, strampelnd und zuckend; ein paar Männer stiegen über ihn, und er begann wie eine Sirene zu heulen, langgezogen und klagend. Noch immer hatte der Zug seine Türen nicht geöffnet. Plötzlich schrie einer, da müßten Soldaten drinnen sein, diese Kerle öffneten nicht, und man müsse mit den Fäusten gegen die Türen schlagen. Aber niemand schlug mit den Fäusten, und einer brüllte, hinten sei vielleicht ein offener Einstieg. Nun rannten sie alle hintenhin, mit zerrissenen Gesichtern und offenen Mündern, aber hinten war keine Tür offen, und sie hetzten zurück, prallten mit Nachkommenden zusammen. Menschen lagen am Boden, und in diesem Augenblick rollte der Zug wieder an, gemächlich, und verschwand langsam im Dunkeln.

Es wurde still, der kleine Mann strampelte lautlos, und die Mutter, die ihre Kinder suchte, bewegte tonlos die Lippen, und der erste setzte sich mutlos nieder, und die anderen folgten ihm, und jemand sagte, vielleicht komme noch ein zweiter Zug.

»Sie schreien nicht«, bemerkte Raven.

»Nein«, sagte Jenny.

»Keiner hat geschrien«, sagte Raven.

Ein Mann ging an ihnen vorbei, er hatte ein dickes, aufgeschwemmtes Gesicht, und er lächelte.

»Ich bin Ol«, sagte er, »und ich wollte dich sprechen, aber das hat sich nun erübrigt.«

»Ja?« fragte Raven.

»Es hat sich erübrigt«, sagte Ol und verschwand in der Richtung der Treppe.

»Glaubst du, daß er uns zugehört hat?« fragte Raven.

»Mir ist kalt«, sagte Jenny und zog fröstelnd die Schultern hoch, ihr Gesicht war klein und weiß in der Dunkelheit. »Glaubst du, daß ich noch etwas zu trinken bekomme?«

»Sag das noch einmal«, sagte Raven.

»Glaubst du, daß ich noch etwas zu trinken bekomme?«

Raven lachte. »Du siehst hübsch aus, wenn du das sagst.«

Neben ihnen plärrte ein Kind ungeduldig nach seiner Mutter.

Peinliches Gespräch

Es war peinlich.

Die Hotelhalle, ein gewaltiger, gläserner Käfig, die Wände bedeckt mit wuchernden Schlingpflanzen, die einen modrigen, süßlichen Geruch ausströmten, die Luft, die ein wenig zu heiß und zu trocken war, so daß man das Gefühl hatte, die Wände seien in Schweiß geraten. Der Pförtner, dem man seine Lochkarte gab, war mit ziemlicher Sicherheit ein Roboter; er blickte nicht anders als Roboter sonst blicken, und doch lag in seinen Augen etwas wie Spott, wie Verachtung und ein wenig Neugier. Die engen, winkeligen Gänge; von einem jungen Ding geführt, das vor sich hinplapperte, über das Wetter sprach, über die Sonne, und doch einen neugierig gespannten Ausdruck im Gesicht hatte. Die Mädchen, die man auf den Gängen traf und die unbestimmt an einem vorbeiblickten, als dächten sie über etwas Wichtiges nach. Die Teppiche am Boden, in die die Füße versanken, man fühlte sich plötzlich müde und hatte Angst, hinzufallen. Junge Männer, die etwas Trotziges im Gesicht hatten oder die Köpfe gesenkt hielten.

»Bist du das erstemal hier?« fragte das Mädchen, es war blond und hatte die Schultern etwas vorgezogen.

»Ja«, sagte Anna.

»Viele sind zum ersten Male hier«, plapperte das Mädchen, »und es ist wichtig, daß man einmal allein ist und sich aussprechen kann, da merkt man vieles, was man sonst nicht merkt.«

»Woher weißt du das?« fragte Anna.

»Das steht in der Hausordnung.«

»Ach so«, sagte Anna.

»Das erste Mal hast du nur zehn Minuten«, erklärte das Mädchen, »aber da bist du ganz mit ihm allein. Ihr könnt sogar flüstern.«

»Bist du sicher, daß niemand zuhört?« fragte Anna.

»Davon weiß ich nichts«, sagte das Mädchen, »ich bin nur im Dienst hier, und ich führe die Leute hin und wieder zurück.«

Sie machte vor einer Tür halt und klopfte. Im Zimmer saß Ugo, er sah ungekämmt aus, und er fühlte sich offenbar nicht gut. Zwei Stühle standen da und ein breiter Tisch, mit Blumen darauf, auch hier war es zu heiß, und die Bilder an den Wänden waren grell, als schiene eine helle Sonne darauf.

»Zehn Minuten«, sagte das Mädchen und schloß die Tür.

»Hallo, Anna«, sagte Ugo. Er war blaß, und das Sprechen fiel ihm schwer.

»Hallo, Ugo«, sagte Anna, »jetzt sind wir also allein. Das wolltest du doch?«

»Man muß allein sein«, sagte Ugo, »nicht immer unter den anderen.«

»Ja«, sagte sie.

»Wo wir doch bald heiraten werden.«

»Ja«, sagte sie.

»Ich wollte dir was mitteilen«, sagte Ugo.

»Was?« Ihre Stimme klang kühl, und sie fühlte sich auf einmal sehr ruhig. Sie sah Ugo wie durch eine scharfe Brille, und sie sah, daß der Schweiß auf seiner Stirn stand und daß er mit den Händen über seinen Rock fuhr, um sie trocken zu bekommen.

»Du hast vielleicht ein falsches Bild von mir«, sagte er, »und das will ich nicht.«

»Aber nein«, erwiderte sie, »es ist alles in Ordnung. Es ist mir schon recht, daß ich mit dir sprechen kann.«

Sie sah, daß er blaß wurde und daß er zitterte, er war ein Kind gegen sie, ein zitterndes Kind mit Haaren, die wirr vom Kopf abstanden.

»Nein«, sagte er heftig.

»Doch«, sagte sie bestimmt, und die Erregung überfiel sie, machte ihre Beine weich, als habe sie Fieber.

»Hör zu«, sagte sie.

»Nein, bitte nicht.«

»Ich werde einen Menschen töten«, sagte sie unerbittlich, »ich habe den Auftrag dazu, und ich darf nicht darüber sprechen, aber ich will, daß du es weißt.«

Er starrte sie an, und der Schweiß rann über sein Gesicht, sie hatte Schweiß nie leiden können, genausowenig wie Schmutz oder düsteres Licht, aber in diesem Augenblick störte es sie kaum.

»Du hättest es nicht sagen sollen«, murmelte er.

»Ich habe es aber gesagt. Ich weiß auch nicht, warum, aber du sollst es wissen. Ich habe nie geglaubt, daß ich mit einem Menschen darüber reden könnte, wo ich doch Anweisung habe, nichts zu sagen.«

Er war sehr blaß, und seine Finger waren selbständig, hüpften auf und ab, verknüpften sich zu seltsamen Knoten, konnten es nicht aushalten in der Gefangenheit und begannen wieder zu hüpfen.

»Ich habe es mir anders vorgestellt«, murmelte Ugo, »das Zusammensein mit dir. Ich wollte dir eine Menge sagen, wo wir doch einmal allein sind, aber jetzt ist alles fort. Es ist wie weggeblasen.«

»Wir sind es nicht gewohnt, allein zu sein«, erklärte sie, »das ist es.«

»Ich wollte dir sagen, daß ich dich mag und daß ich mich bemühen werde, daß wir bald die Heiratserlaubnis erhalten und daß wir uns untersuchen lassen können, wegen der Papiere und so, und dann ist ja auch noch der Kurs zu besuchen und die Prüfung . . .« Er brach mutlos ab und hatte den Kopf gesenkt.

»Und?« fragte sie.

»Und dann das Ansuchen wegen der Wohnung, es ist nur, weil ich dich wirklich gern habe, und jetzt kann ich nichts sagen, es fällt mir einfach nicht ein . . . und jetzt kommst du und sagst mir . . .«

»Was?« fragte sie. »Was habe ich gesagt? Würdest du ihn nicht töten?«

»Doch«, sagte er gequält, »ich brenne darauf, ich komme fast um vor Verlangen, einmal möchte ich etwas tun, etwas Richtiges tun, und ich wäre mutig und schlau, und ich äße und schliefe nicht, immer wäre ich hinter ihm her.«

Er stand ganz plötzlich auf, und sein Gesicht war verschlossen.

»Es war schön, dich zu sehen«, bekannte er, »aber es ist Zeit.«

»Ja«, erwiderte sie, »danke, daß du das sagst.«

Er ging zur Tür, öffnete sie, und das Mädchen stand draußen und sah sie neugierig an.

»Ich möchte mich betrinken«, sagte Ugo laut, »komisch, was? Aber ich möchte mich betrinken.«

»Ugo«, sagte Anna laut.

»Schon gut.«

Sie sah ihm nach, wie er mit weichen Knien über den Teppich ging und um eine Ecke verschwand.

»War etwas Besonderes?« fragte das Mädchen neugierig.

»Was soll gewesen sein?«

»Ich habe keinen Freund«, sagte das Mädchen, »aber ich möchte gern einen haben, und ich käme gern mit ihm hierher, und ich möchte wissen, wie das ist.«

»Gar nichts ist«, sagte Anna.

»Ihr habt gestritten, was?« sagte das Mädchen wissend. »Das

kommt oft vor beim ersten Male, und oft gehen sie fort und kommen nie wieder. Die gehen fort und kommen nie wieder, weil sie was erfahren haben.«

»Was?« fragte Anna. »Was haben sie erfahren?«

»Etwas, was sie weitermelden können«, erklärte das Mädchen vergnügt, »ich weiß das. Ganz verrückt sind sie darauf, was zu melden. Und oft werden sie nur hergeschickt, damit sie was herausbekommen.«

»Nein«, sagte Anna entsetzt.

»Aber ja«, entgegnete das Mädchen, »wußtest du das nicht? Die reden von Liebe und so, und die wollen dich nur aushorchen. Manche haben ein schlechtes Gewissen dabei, wie der deine. Ganz zerdrückt war er ja, und vielleicht heult er am Abend, und er kann nicht einmal sein Gesicht im Spiegel sehen, umbringen will er sich, aber der bringt sich nicht um. Aber er wird alles angeben, verlaß dich darauf.«

»Das ist nicht wahr«, erwiderte Anna entsetzt, »nicht Ugo.«

»Warum nicht?« fragte das Mädchen.

»Nicht Ugo«, beharrte Anna.

Aber der Zweifel war schon in ihr, schüttelte sie, drehte sich zögernd in ihrem Körper, schlich durch ihr Gehirn. Während sie dem plappernden Mädchen folgte, ließ sie jede Sekunde ihres Zusammenseins noch einmal erleben, jeden Blick, vom Augenblick an, in dem sie eingetreten war, das Zimmer war heiß gewesen, und Ugo hatte auf einem Stuhl gesessen, jedes Wort, vielleicht hatte er noch gehofft, sie würde nichts sagen, aber er war auch zu feige gewesen, sie zu warnen, der Schweiß war ihm über das Gesicht gelaufen, und er hatte sich elend gefühlt, aber jedes Wort hatte er sich eingeprägt. Ugo? Nicht Ugo. Oder doch Ugo. Besessen war er darauf, etwas zu tun, auf offener Straße einen Mann hinzurichten, ihn zu köpfen oder zu pfählen, oder heimlich einen zu belauern, vielleicht Anna, wer weiß? Vielleicht hatte er diesen Auftrag, seit gestern, seit vorgestern, seit heute, war es nicht Ugo gewesen, der das Gesuch eingebracht hatte, sie allein zu sehen, hier in diesem Haus? In diesem Haus, in dem man das lächerliche Gefühl hatte, allein zu sein, nicht wie auf der Straße, wo jeder Passant ein Tonband tragen konnte, nicht wie im Heim, wo die Wände Ohren hatten, nicht wie in der Fabrik, wo der Abteilungsleiter Dinge wußte, die man nur gedacht hatte – oder hatte man sie doch ausgesprochen?

Einmal vorher war sie mit Ugo allein gewesen, in diesem künstlichen Wäldchen für Paare, die heiraten wollten; betonierte Parkplätze, numeriert, einer neben dem anderen, aber Tannengrün darüber, und jede halbe Stunde ging langsam und feierlich ein Mond auf, und ein sanftes Tonband spielte dazu.

»Ich mag dich«, hatte Ugo gesagt. Aber hatten sie ihm diesen Satz nicht eingelernt, hatte er ihn nicht unter Aufsicht erfahrener Beamten üben müssen, vor einem Spiegel, mit Hilfe eines Schauspielers, der ihn den Satz hundertmal wiederholen ließ, ich mag dich, ich mag dich? Unglücklich hatte er ausgesehen, wie ein kleiner böser Junge, die Haare waren ihm unordentlich zu Berge gestanden, aber vielleicht hatten sie ihn vorher sorgfältig frisiert, mit Haaren, die unordentlich von seinem Kopf abstanden.

»Einmal möchte ich einen Freund haben und mit ihm hierherkommen«, sagte das blonde Mädchen einfältig.

»Und was tätest du dann?« fragte Anna.

»Ich würde weinen«, sagte das Mädchen, »ich säße nur da und weinte.«

»Weinen ändert nichts«, sagte Anna, »du hast das nicht gelernt? Während du dasitzt und weinst, verlierst du die Kontrolle über dich. Und es ist gefährlich, die Kontrolle zu verlieren.«

»Ich weiß«, sagte das Mädchen erschrocken, »es war auch nur Spaß. Es war Spaß, nicht wahr?«

»O ja«, sagte Anna, »es war nur Spaß.«

Als sie auf die Straße trat, wich ihr ein Pärchen aus. Der Junge hielt den Blick gesenkt und sah aus, als warte er auf etwas.

Spuk mit dem Seiltänzer

Es war an einem Nachmittag, an dem Anna ihn zum ersten Male sah, zuerst nur seinen Hinterkopf. Raven hatte sich über eine Tabelle gebückt und beachtete sie nicht, und draußen rollten Militärfahrzeuge, wie es oft vorkam. Sie rollten zu einer Übung, zu einer Versammlung, zu einer der Menschenzusammenballungen, wie sie ganz plötzlich entstanden und sich wieder auflösten. Er wandte sich langsam um und sah über sie hinweg, er sah müde und nachdenklich aus, und sie erschrak ein wenig. Sie hatte ihn sich anders vorgestellt, die ganze Zeit, in der sie über ihn nachdachte, während Ol die technischen Dinge für sie erledigte. Sie hatte erwartet, er müsse einen bösen Zug im Gesicht tragen, ein verhaltenes Lauern, ein winzig aufflackerndes Grinsen oder harte, entschlossene Augen, aber in seinem Gesicht lag nur Müdigkeit, er sah aus, als habe er lange über etwas nachgedacht, und nun sei er ermattet, vielleicht auch ein wenig traurig, als habe er eben beobachtet, wie seine Frau einem anderen durch das Haar strich, mit der vertrauten Geste, die sonst ihm allein gehörte, und er habe eben begriffen, daß es aus sei zwischen ihnen, ein abgeschlossenes Kapitel, ein Buch, das man endgültig zuklappt.

»Ich bin Anna«, sagte sie, »und ich soll bei dir arbeiten.«

»Tatsächlich?« fragte er, und nun erst sah er sie an, ihr junges Gesicht, ihr verlegenes Lächeln, ihr Kleid, das man sorgfältig für sie ausgewählt hatte. »Und warum?«

»Ich weiß nicht«, sagte sie erschrocken, sie war es nicht gewohnt, so unmittelbar befragt zu werden.

»Natürlich nicht, aber wahrscheinlich hast du so deine Vorstellungen von einem Spital, was, Hilfe für die Armen, Verfolgten, Engel der Kranken, was?«

»So ähnlich«, sagte sie.

»Du wirst deine Träume verlieren, aber das macht ja nichts. Deine Anweisungen bekommst du von Jenny. Die erste Zeit wirst du hauptsächlich zusehen, verstanden?«

»Ja«, sagte sie.

»Dann ist es wohl am besten, wir spazieren einmal durch«, erklärte Raven. Sie ging neben ihm her und beobachtete ihn verstohlen. Er hatte eine gleichgültige und doch aufmerksame Art zu reden, er sprach leise, mit knappen Bewegungen, aber nichts in den Räumen entging ihm. Sie sah, wie die Patienten ihre Köpfe hoben, sich aufzurichten versuchten und Raven anlächelten, kaum sichtbar, aber doch so, als hätten sie einen Verbündeten zu begrüßen.

»Angst?« fragte er einmal.

»Wovor?«

»Vor der Verantwortung zum Beispiel. Du kannst etwas vergessen, einen Handgriff, eine Meldung, eine winzige Beobachtung, und dann kann ein Patient sterben.«

»Ich werde aufpassen«, sagte sie.

Er lachte plötzlich. »Das war einmal, Mädchen«, sagte er, »heute passiert so etwas nicht mehr. Wir haben ein Dutzend Kontrollgeräte, jedes besser als das andere. Solange die funktionieren, hast du nichts zu tun. Und die Ärzte sind soviel wie tüchtige Ingenieure. Wir dürfen kein Vertrauensverhältnis zu den Patienten haben.«

»Und warum nicht?«

»Früher gab es Patienten, die klammerten sich an einen Arzt. Für sie war er eine Art Erzengel. Allwissend. Wenn er es wollte, dann lebten sie. Wenn er sie vergaß, dann vergaßen sie zu leben. Das ist jetzt ausgeschaltet. Jeder Patient wird von einem ganzen Team überwacht. Und wenn wir operieren, dann wissen wir kaum, wen wir unter dem Tuch haben. Und der Kranke weiß nicht, von wem er behandelt wird. Er vertraut nicht einem Arzt, sondern der ganzen medizinischen Wissenschaft.«

»Und das ist sicher besser«, sagte Anna.

Langsam erst merkte sie, daß diese Patienten gleich aussahen, in jedem Zimmer, in jedem Saal. Natürlich merkte man das auch auf der Straße, aber da gab es noch grüne Hüte, blaue Hosen. Aber diese Patienten waren alle gleich, und gleich waren ihre weißen Gewänder, nur die Anweisungen auf den Tafeln über den Betten waren anders. Sie dachte erschrocken, ob es jemand merken würde, wenn man diese Tafeln vertauschte.

»Es ist besser«, sagte Raven kurz. »Auf diese Art vergißt der Arzt den Menschen. Ebensogut könnte er Kühe behandeln. Ein bißchen mehr Körper, das wäre der ganze Unterschied.«

Sie lächelte flüchtig dazu und spürte jetzt deutlich, daß dieser Mann anders war, daß er anders sprach und anders dachte. Es bedrückte sie, wie sehr er sie gefangen nahm, ohne viel dazu zu tun.

»Tag, Mo«, sagte Raven, »das ist Anna. Und das hier ist Mo.«

Die kleine Mo hatte ihren schlechten Tag; sie war bockig und schweigsam und hatte sich wieder geweigert zu essen.

»Das ist einer der Fälle, mit dem unsere Apparate nicht fertig werden, was, Mo? Wir zwei, wir wandern nur so herum und warten auf etwas Besonderes?«

»Ich warte auf gar nichts«, sagte Mo, »du kannst mich operieren, wenn du willst, aber es ist mir gleich.«

»Das ist schön«, meinte Raven.

»Wirst du mir was herausschneiden?« fragte Mo.

»Klar, vielleicht hast du was verschluckt, und das hole ich heraus. Ich kannte ein Mädchen, das hat ein Polster verschluckt.«

»Ein ganzes Polster?« Mo machte große Augen.

»Ein ganzes Polster. Sie ist so oft hingefallen, daß sie meinte, ein Polster im Bauch könnte nie schaden, da fiele man weicher.«

»Nicht schlecht«, sagte Mo.

Das rote Licht im Zimmer flammte auf, von allen Seiten, dadurch verfärbte sich der Raum, als stünde er in Flammen, überall Flammen, und dazwischen die blassen Gesichter der Patienten.

»Doktor Raven zu Schwester Jenny«, verkündete der Lautsprecher.

»Dann auf später, Mo«, verabschiedete sich Raven, »und vergiß nicht, daß wir beide einmal ausgehen, wenn du gesund bist.«

»Du kannst mich ja daran erinnern«, sagte Mo.

Anna folgte Raven, der es nicht besonders eilig hatte, draußen am Gang eine Zigarette anzündete, den Rauch von sich blies, etwas vor sich hinmurmelte und sie fragte, wo sie früher gearbeitet habe, ohne auf ihre Antwort zu achten.

Jenny erwartete sie in Ravens Zimmer, sie nickte Anna zu und blickte strafend auf Ravens Zigarette.

»Langsame Selbstvergiftung«, tadelte sie.

»Ich kenne Leute, die trinken öffentlich Alkohol«, sagte Raven vergnügt, »schamlos und öffentlich.«

»Das ist sehr verwerflich«, antwortete Jenny böse.

»Eben.«

»Wir haben Bereitschaft«, sagte sie, »aber wir sollen nicht eingreifen.«

»Und wo?«

»Eine Art Versammlung, die Nachricht ist eben durchgekommen.«

»Blödsinn«, sagte er böse, »wenn wir nicht eingreifen sollen, dann brauchen wir auch nicht zuzuschauen. Es gibt unterhaltsamere Beschäftigungen.«

Jenny beachtete ihn nicht. Sie war sachlich und kühl, ihr Gesicht wie aus Marmor gemeißelt.

»Wer soll dich begleiten?« fragte sie.

»Ich werde Anna mitnehmen. An ihrem ersten Tag soll sie etwas zum Lachen haben.«

»Gut? Und sonst?«

»Wie wäre es mit dir?« fragte er.

»Brauchst du mich?«

»Immer«, sagte Raven vergnügt, »das weißt du doch. Ich brauche ständig einen Menschen, der für mich denkt.«

Sie reichte ihm schweigend seine Tasche und schlüpfte in ihren Mantel, sie waren schon öfter zu solchen Versammlungen gerufen worden. Immer war es das gleiche, ein Mann war verrückt geworden und versuchte eine Rede zu halten, während sich eine lärmende Menge um ihn sammelte, oder eine Frau schrie, sie habe ihren Mann entdeckt, den Mann, der vor vielen Jahren verschwunden war, aber jetzt hatte sie ihn ganz sicher erkannt. Sie hatten erlebt, wie man den Film einer Pfählung auf eine Wand projiziert hatte, ein paar Schulklassen waren dabeigewesen und eine Abordnung des Militärs, und eine Schicht von Frauen war eben aus der Fabrik gekommen, neugierige, lachende Frauen, aber plötzlich hatten sie mehrkehlig zu schreien begonnen, hatten mit hohen Stimmen geschrien, das seien ihre Männer, um Gottes willen, man pfähle eben ihre Männer, und man müsse doch etwas dagegen tun. Sie hatten vergessen, daß es ein alter Film war, und die Männer waren längst tot.

Jahrelang hatten sie nichts von ihnen gewußt, hatten ihre alten Bilder betrachtet, hatten bei ihren Freunden verlegen behauptet, es handle sich um längere Reisen ihrer Männer – jeder kannte diese Reisen –, und im geheimen hatten sie gehofft, die Männer kämen wieder. Ein wenig hatten sie auch schon ihre Gesichter vergessen, und nun starrten diese Gesichter von der weißen Wand eines Hauses, rießengroß, schmerzverzerrt, und starrten geradezu auf ihre Frauen, mit geweiteten Augen, Schaum vor dem Mund, die Verrätertafeln an die nackte Brust geheftet, und die Frauen schrien, mein Gott, das ist nicht wahr, das darf nicht wahr sein, und plötzlich wurde es peinlich still, niemand lachte mehr, jeder blickte verlegen auf diese heulenden, wimmernden Frauen, nur die Schulklasse sang unentwegt ein Lied, erste Strophe, zweite Strophe, und dann war schon das Militär da, und die Frauen wurden zurückgedrängt.

»Fertig?« fragte Raven.

Sie sagten dem Portier Bescheid und schalteten ihre Geräte ein, Raven ging neben Jenny. Schon oft waren sie so nebeneinander gegangen, eigentlich eine lange Zeit, dachte Raven. Jener Gefangene fiel ihm wieder ein, der alte, kleine Mann, der von Vienna 3 gekommen war. Jahrelang hatte man ihn von Stadt zu Stadt geschoben, ohne daß er wußte, wo er gerade war, immer nur Bahngeleise und Aufenthalte, aber ganz plötzlich hatte er den Gedanken gehabt, nun sei er wieder in seiner Heimatstadt, ein kleiner, mutloser Gefangener, der nie aufgefallen war. Doch dieser Gedanke, in einer Stadt zu sein, hatte ihn verrückt gemacht, und er hatte begonnen zu laufen, wie ein wahnsinniger lahmer Floh war er gelaufen, und alle waren so überrascht gewesen, daß man ihn erst nach einer Weile verfolgen ließ. Da war er schon in der Stadt, und er lief und lief, keuchend, schäumend, Flüche und Gebete murmelnd, bis sein Atem pfeifend kam wie bei einer Ratte, aber er lief, weil er meinte, bald zu Hause zu sein, nur sein Haus mußte er erreichen, nur sein Haus, aber eine ganze Stadt war schon hinter ihm her. Schließlich brach er zusammen und war tot, mit einem merkwürdig glücklichen Lächeln auf den Lippen, und es war gut für ihn, daß er die Wahrheit nie erfahren mußte, die lächerliche Wahrheit, daß er in einer Stadt gestorben war, die er vorher nie betreten hatte, Tausende Kilometer von der Stadt entfernt, in der er einst gewohnt hatte. Raven hatte diesen kleinen, schüchternen Mann untersucht, und er hatte gefunden, daß ein kleines Wunder geschehen war, eines, von dem die Wissenschaft nichts wußte, denn dieser Mann war schwer herzkrank gewesen, eigentlich fast schon tot, nach zehn Schritten hätte er zusammenbrechen müssen, spätestens nach zwanzig Schritten, und doch war er gelaufen, und die halbe Stadt war hinter ihm hergewesen.

»Da vorn muß es sein«, sagte Jenny.

Sie verließen die Rolltreppe dort, wo die meisten anderen Passanten abzweigten. In Vienna 2 hatte man ein gutes Gefühl für große Schauspiele, die Leute spürten es, wenn es etwas zu sehen gab, und sie konnten stundenlang stehen und schauen, immer bereit, im Rhythmus loszuklatschen, zu brüllen, eine Parole weiterzugeben, heißa, wenn jemand starb, heißa, wenn jemand gefangen wurde, heißa, wenn die Soldaten kamen, gepanzerten Hornissen gleich.

Sie kamen auf einen großen Platz, schwarz von Menschen und doch stiller als sonst, die Soldaten waren schon da, aber es gab noch keine Parolen, keine Musik, man wartete nur und starrte gegen den blauen Himmel, dorthin, wo der Seiltänzer stand.

Er war ein kleiner Mann mit weißem Haar, ein Männchen in einem silbrig glänzenden Gewand, an das er am Rücken schwarze Flügel genäht hatte, wie Fledermausflügel. Über die Straße hatte er ein Drahtseil gespannt, von einer Häuserwand zur anderen, eine hölzerne Plattform auf beiden Seiten, man konnte es sich schwer vorstellen, wie dieses Männchen das geschafft hatte. Wahrscheinlich war er die ganze Nacht am Werk gewesen, eine wild gewordene, lächerliche Fledermaus, die an der Hauswand hochkroch, zitternd vor Angst und vor Kälte, von wahnsinniger Angst gehetzt, man könne ihn erwischen, bevor er sein Seil gespannt habe. Nun stand er auf der Plattform, den Hals vorgereckt, um die Menge sehen zu können, man mußte an eine schlecht geschnitzte Heiligenfigur denken, auf deren Haupt Schnee gefallen war.

»Wozu macht er das?« fragte Anna. »Ich möchte wissen, wozu er das macht.«

»Das haben die oben inszeniert«, sagte Jenny kühl, »das ist alles geplant. Ein Unterhaltungsprogramm. Allein brächte er das nie fertig.«

»Ich weiß nicht«, meinte Raven, »ich bin nicht so sicher.« Der Gefangene fiel ihm wieder ein, wie er mit seinem toten Herzen durch die Straßen gehetzt war.

»Ich fliege«, schrie der Seiltänzer mit hoher, sich überschlagender Stimme, »gleich werde ich fliegen.«

Die Soldaten hatten sich um einen großen, gepanzerten Wagen geschart und unterhielten sich leise. Sie hatten ihre Anweisungen für solche Fälle, jeder nur ausdenkbare Fall wurde schon bei der Ausbildung durchgesprochen und geübt, sie waren junge Burschen, denen der Alte Spaß machte, sie waren froh, daß der eintönige Alltag unterbrochen wurde, und am Abend konnten sie davon erzählen.

»Komm herunter«, befahl der Lautsprecher kalt, »das ist ein klarer Befehl.«

»Angeblich ist er in anderen Städten schon aufgetreten«, sagte Jenny, »und das ist der beste Beweis, daß es ein Trick von oben ist. Sonst hätte er es nicht überlebt.«

»Ich pfeife auf eure Befehle«, schrie der Mann aus der Höhe, »ich tue, was mir paßt. Ich fliege, ich singe, ich schlage Purzelbäume.«

Wie auf Befehl begannen ein paar Schulklassen zu kichern.

»Und ich spiele mit Puppen«, schrie der Mann, »ich spiele euch ein Puppentheater vor.«

»Ist das auch ein Befehl von oben?« fragte Raven spöttisch.

»Es steht ihm frei, sich umzubringen«, sagte Jenny kalt, »aber ich sehe keinen Sinn darin.«

»Vielleicht will er ein Signal geben«, sagte Raven, »hast du daran gedacht? Ein kleines, verrücktes Signal.«

Er sah, wie Jenny zusammenzuckte und wie sie ihre Hände in den Manteltaschen vergrub.

»Mein Vater hat auch so ein Signal gegeben«, sagte sie hart, »und die Leute haben sich totgelacht darüber. Das ist immer das Ende davon.«

»Zum letzten Male«, tönte der Lautsprecher, und er klang ein wenig blechern über die Köpfe der Menge, »wir geben dir den Befehl, daß du herunterkommst.«

Der Mann schwankte ein wenig, er sah hilflos aus mit seinen Flügeln, er blickte hinunter in die Menge, die schwarz und sehr aufmerksam war, und er lächelte, als er eine alte Frau sah, die wie er zu lächeln versuchte und ihm zunickte. Er hatte jetzt Angst, und diese Angst machte seine Beine weich, er sah den strahlendblauen Himmel über sich und begann laut und piepsend zu singen, gleichzeitig holte er zwei Puppen aus der Tasche und zeigte sie den Kindern, mit hocherhobenem, blassem Gesicht, und die Kinder hörten auf zu kichern und starrten mit offen Mäulern zu ihm hinauf.

Dann war die Filmprojektion neben ihm, riesengroß, eine Armee von Soldaten, die auf ihn zumarschierten, die Hände nach ihm ausstreckten, Soldaten aus Luft, aber alle wollten sie ihn packen, mit gleichgültigen, neugierigen Gesichtern. Und das Männchen hopste hinaus auf das Seil, die Fledermausärmel bewegten sich auf und ab, er hopste und schwankte, nun marschierten von der anderen Seite Geistersoldaten auf ihn zu, er war besinnungslos vor Angst, aber er fiel nicht, mit erbärmlichen Bewegungen rannte er auf dem Seil hin und her, vor und zurück, ein Bündel Angst, und unten begannen die Leute zu lachen, immer lauter, nur die Kinder lachten nicht und blickten starr auf die Puppen. Er hörte das Lachen und sah die Stiefel der Soldaten, die riesengroß über das Seil zu schweben schienen, Stiefel auf dem Seil, bereit, ihn zu zertreten, eine Sekunde lang stand er noch, schrie und schrie, eine schrille, entsetzte Stimme, einer geborstenen kleinen Glocke gleich, dann fiel er rücklings und schlug schwer unten auf, hatte keine Bewegung mehr und keinen Schrei.

»Aus«, sagte Raven, »und eigentlich sollten wir ihm helfen.«

»Das wirst du nicht tun«, sagte Jenny, »wir sind nur Bereitschaft.«

Die Menge johlte und schrie, wollte sich totlachen, konnte nicht aufhören zu lachen, und die Projektion wurde abgeschaltet.

»Ich tue auch gar nichts«, sagte Raven.

Er mußte brüllen, damit sie ihn verstand.

»Ich tue auch gar nichts.«

Und Anna sah Ravens Gesicht, das grau und mutlos war.

Die Menge flutete langsam zurück, Soldaten scharten sich um den toten Seiltänzer, um ein bißchen Silber und zerdrückte Fledermausflügel.

Der wissende Arzt

In der Nacht lag das Spital als gewaltiger Lichtblock in der Dämmerung. Draußen war der künstliche Himmel dunkelgrau, ein wenig gestreift, als ruhte ein gewaltiges Zebra auf der dicken Himmelsplatte. Das Spital hatte eine Sondergenehmigung, hell erleuchtet bleiben zu dürfen: Die Patienten fürchteten die Dunkelheit, weil sie den Tod fürchteten, dieses graue Zebra, das vom Kunststoffhimmel, von der Glasglocke herabsteigen konnte, um nach seinem Opfer zu schnappen. Die Geschichte vom todbringenden Zebra war keine offizielle Version, sie war langsam entstanden und hatte sich behaglich verbreitet, weil es verboten war, sich den Tod als menschliches Wesen vorzustellen. Gewiß, Menschen konnten töten, mußten töten, wie ein Gärtner Gift auf schädliche Tiere sprüht, aber Menschen waren von dieser Erde, und sie hatten drüben nichts zu suchen, in einem Reich, das von niemand wissenschaftlich erwiesen war. Und so mußte eben das graue, böse, schleichende Zebra einspringen, ein häßliches Tier mit gelblichen Zähnen und boshaften, kleinen Augen, oder auch das lahme Pferd, das durch die Gassen hinkte, ein geschundener Gaul, der seinen Reiter sucht.

Wenn die Straßenbeleuchtung grau wurde, fuhren die Soldatenstreifen aus, mit ferngelenkten Wagen, zu Fuß auf den Rolltreppen, gingen nach einem bis zum letzten durchdachten Plan vor, durchsuchten das Rolltreppengelände und besetzten die Durchgänge nach Vienna 3 und Vienna 1 mit doppelter Mannschaft. In den Wolkenkratzern, die sich in Vienna 1 fortsetzten, hatten die Lifts sechs Kontrollstationen zu durchfahren, man hielt ständig Übungen ab, um die Wachsamkeit der Posten zu überprüfen, man organisierte künstliche Defekte, um zu sehen, wie die Mannschaften darauf reagierten. Die Ausstiege von Vienna 3 lagen im gleißenden Scheinwerferlicht, hochempfindliche Geräte registrierten dort jede Bewegung, schon beim Huschen einer Maus lösten sich Feuergarben, und eine Giftwolke färbte die Luft grün.

Das Leben in der Stadt dauerte bis weit nach Mitternacht, in den

Wohntürmen flackerten bleiern die Fernsehschirme, in jedem Wohnblock arbeitete ein ausgeklügeltes Unterhaltungsprogramm. Für die Jüngsten waren die Tanzschulen geöffnet, Lautsprecher plärrten heiße Musik, wechselten auf kühl, steigerten bis zur Ekstase, und mitten hinein kam das gelbe Warnlicht, das Gefahr bedeutete, dann waren die tanzenden Burschen plötzlich Soldaten, griffen eiligst nach Gasmasken, reihten sich zu einer Angriffsformation, und die Mädchen standen ein wenig verloren umher. Die Warnsignale funktionierten lautlos, so daß man sie ständig im Auge behalten mußte, aber die Menschen waren daran gewöhnt wie an das morgendliche Frühstück, das Spähen nach Kontrollampen war zu einem sechsten Sinn geworden. Selbst in den Büros der großen Manager hing seitlich eine Lampe, die in unregelmäßigen Abständen grünes Licht funkte, als Zeichen, es sei alles in Ordnung, nur manchmal kam Gelb als Zeichen der Gefahr. Und wer blaues Licht erhielt, war entlassen. Dieses Blau war der Alptraum alter Menschen, bei jedem Signal zuckten sie zusammen, starrten gebannt auf die Lampe, eisiger Schreck durchfuhr sie jedesmal, und viele erzählten, sie sähen die Lampen auch nachts: grün, gelb, wieder gelb und dann plötzlich blau.

In Schulfilmen zeigte man oft diese lächerliche, vielbelachte Szene: Mitten in den Tanzkurs kommt das Warnsignal, noch spielt die Musik weiter, aber die Paare trennen sich hastig, die Burschen stellen sich auf, ihre Gesichter sind nun hart und entschlossen. Nur in der Mitte des Saales tanzt ein Pärchen versunken weiter, hat nur Augen füreinander, und er sagt leise, daß er sie mag, und in ihrem Gesicht ist ein schüchternes, glückliches Lächeln, aber nichts Rührendes ist in der Szene, die beiden bewegen sich wie unter einem gewaltigen Mikroskop, ihre Bewegungen wirken seltsam komisch neben den strammstehenden Soldaten, aufreizend, fast gemein, und endlich begreifen die beiden. Entsetzen ist jetzt in ihren Gesichtern, das Mädchen schlägt die Hände vor die Augen und läuft davon, die Schande ist schon hinter ihr her, nun steht der Junge allein, und diesen Augenblick wird er nicht mehr vergessen, in tausend Jahren nicht, und von nun an wird er dagegen kämpfen, verbissen, wie man gegen einen tollen Hund kämpft, wird Leute töten, wird ohne Mitleid sein, überall wird er sich freiwillig melden, und das ist richtig so: Wer den Staat vergißt, hat sich selbst ausgelöscht!

Im Spital war es still, aber dennoch waren unzählige Geräte eingeschaltet, mit einem winzigen Surren arbeiteten sie, kontrollierten einander, maßen Temperaturen, registrierten, fertigten Tabellen an, alle halben Stunden glitten die Roboter durch die Säle, Frauengestalten mit gütigen Gesichtern, nur ein paar Knöpfe hatten sie zu drücken, und zu lächeln hatten sie.

Raven war bei den Diskussionen dabeigewesen, ob man diese Roboter einführen solle, und er hatte sich dafür ausgesprochen. Er erinnerte sich noch gut an eine Frau, die gegen Mitternacht diese entsetzliche Vorstellung gehabt hatte: Die Patienten seien ganz allein im Hause, längst wären die Ärzte und Schwestern daheim, spielten Karten oder säßen vor dem Fernsehschirm, und nun arbeiteten nur noch die Kontrollgeräte, zeichneten vergeblich auf, ein Patient bekäme keine Luft mehr, müsse ersticken, Luft, Luft, aber kein Arzt sei in der Nähe. Oder ein Fehler könne auftreten, und die Patienten würden in ihren Betten geschmort, würden unter Strahlen gesetzt. Und die Frau begann zu schreien, unaufhörlich, und sie schrie, sie müsse ersticken, verbrennen, vielleicht sei das Krankenhaus schon verlassen worden, vielleicht gäbe es draußen keine Stadt mehr, vielleicht seien die von den anderen Sternen schon einmarschiert, seht nur aus den Fenstern, dort glotzen sie schon herein, die von drüben, mit riesigen, glühenden Augen, und wir liegen hier und sterben.

Die Roboterfrauen wirkten beruhigend, sie konnten mit sanften Stimmen vor sich hinsummen, sie konnten lächelnd sagen, der Doktor komme sofort. Sie waren keine erstklassigen Konstruktionen, aber sie erfüllten ihren Zweck, und am Anfang hatten die jungen Ärzte ihren Spaß damit gehabt, den Roboterfrauen Heiratsanträge zu machen. Einmal hatten sie einer besonders hübschen Laufmaschine einen Blumenstrauß geschenkt, das eiserne Mädchen hatte ihn aufgenommen und ein wenig verwundert betrachtet, man hatte ihr zugerufen, sie möge die Blumen essen, doch sie stand nur da und begann plötzlich zu weinen. Man wußte nie genau, was in diesen Drahtgehirnen vor sich ging und welche Späße und Empfindungen die Konstrukteure eingebaut hatten. Lange Zeit hatte es geheißen, Roboter könnten nicht weinen. Aber dieses Mädchen weinte eben, und die Tränen kollerten auf ihren zerdrückten Blumenstrauß.

Raven versuchte zu arbeiten, diesen täglichen Kram zu erledigen, der die Elektronengehirne mit den nötigen Daten versorgte, aber er hatte Mühe, sich zu konzentrieren, er kämpfte zäh gegen die Versuchung, über die Befunde nachzudenken, die er sich beiseite gelegt hatte. Sie konnten stimmen, alle konnten sie stimmen, denn oben riskierte man keine groben Fehler. Ebensogut aber konnten sie falsch sein, und dann hatten sie eine Kette von falschen Reaktionen ausgelöst, die die Patienten töten mußten. Laserstrahlen hatten sie ausgelöst und Schweißnähte, stundenlange Operationen, bei denen nichts anderes zu hören war als das Klicken der Instrumente und die üblichen, einförmigen Unterhaltungen der Ärzte. Es war merkwürdig, daran zu denken: Ärzte arbeiteten stundenlang daran, einen Patienten zu töten, nur weil die Anweisung von oben keinen Widerspruch zuläßt. Ein hartes, sauberes, medizinisches Töten.

Raven kannte das Regime zu genau, um anzunehmen, sie hätten von oben eine Henkersrolle zugeteilt bekommen, hätten auf diese elegante Art Feinde des Staates zu beseitigen. Dafür gab es andere Methoden. Wenn seine Vermutungen richtig waren, geschah dies alles aufs Geratewohl, manchmal schob man ein Opfer ein, irgend jemand war diese Tötungsmethode gerade eingefallen, ebensogut hätte er die Gaskammer vorschlagen können. Beiläufig aber, fast gelangweilt, konnte man damit die Ergebenheit der Ärzte überprüfen, ihren sturen Willen, nur noch Handgriffe auszuführen. Man konnte sie damit demütigen, reizen, sie bis zum Äußersten treiben. Und man brauchte nicht nur Feinde des Regimes als Opfer zu bestimmen, ebensogut konnte es ein kleines Mädchen sein, Mo zum Beispiel. Mo, ein Versuchskaninchen, was wiegen schon kleine Mädchen, was wiegen schon Versuchskaninchen?

Er war fast sicher, daß Mo keinen Gehirntumor hatte, spätestens bei der Operation würde man den Fehler erkennen, und diesmal wäre er klar ersichtlich, ein eindeutiger Fall, aber natürlich gab es Möglichkeiten, das zu verschleiern, und wahrscheinlich verlöre der Operateur kein Wort darüber.

Raven schob diese Gedanken rasch beiseite, er schaltete die Deckenbeleuchtung ab und trat zum Fenster, starrte hinaus auf ein paar helle Fenster und den zebradunklen Himmel darüber. Irgendwann in den nächsten Tagen mußte er wieder einen Spaziergang machen, einen langen Gang durch die Dämmerung, bei dem man fast schläfrig die Gedanken ordnen und wieder verwerfen konnte.

Er sah Anna eintreten, die schüchtern bei der Tür stehenblieb und versuchte, sich an die Dunkelheit zu gewöhnen.

»Komm näher«, sagte er, »wir rauchen eine Zigarette miteinander.«

»Danke«, erwiderte sie und kam zögernd auf ihn zu, »aber ich rauche nicht.«

»Müde?«

»Die Beine«, sagte sie, »es ist ein wenig ungewohnt.«

»Ich habe Wochen erlebt, da kamen wir tagelang nicht zum Sitzen.

Hast du was von der Straßenschlacht bei Cohon gehört?«

»Ich habe davon gelesen.«

Im Schein seines Feuerzeuges sah er ihr glattes, aufmerksames Gesicht.

»Es war eine komische Sache mit diesen Burschen«, erklärte er, »ganz junge Burschen, verstehst du? Alles so verrückte Kerle mit Gitarren und so. Die ließen sich das Singen nicht verbieten. Und was die alles gesungen haben. Nur als dann die Panzer kamen, wurden sie still. Dabei hätten die Panzer nicht sehr viel ausrichten können, denn die Straßen waren verstopft. Vielleicht hätten sie gar nicht geschossen. Aber es war dieses Grollen in der Luft. Dabei vergeht einem das Singen.«

»Die haben Angst gehabt«, sagte Anna.

»Natürlich haben sie Angst gehabt. Und dann haben sie sich ganz langsam darauf eingestellt, gegen die Panzer zu kämpfen und dabei zu sterben. Das ist nicht so einfach, auf einmal zu denken, jetzt wehre ich mich noch ein bißchen, und dann bin ich ausgelöscht, aus, nicht mehr da. Sie mußten damit fertigwerden, und ein paar haben es von Anfang an nicht geschafft, die begannen zu weinen und knieten nieder, und laut haben sie geschrien, sie seien Verräter und man solle sie herauslassen. Aber sie waren schon eingekeilt, und niemand in der Menge hat Lust gehabt, zurückzuweichen. Sie standen einfach da und haben sie nicht herausgelassen.«

»Sie hätten nicht weinen dürfen«, sagte Anna, »oder?«

»Pah«, sagte Raven verächtlich, »noch viel lauter hätten sie heulen müssen. Dann hätte vielleicht einer Mitleid gehabt. Aber da waren ja noch die, die sich mit dem Sterben abgefunden hatten. Ein paar von ihnen begannen sogar zu singen, nicht sehr schön, und ihre Stimmen zitterten, aber sie haben gesungen, wir lachen über eure Panzer, Dreckpanzer, Spaßpanzer, Schrottpanzer. Und die ganze Zeit haben sie nach den Panzern geschielt, und einmal mußte das Feuer kommen.«

»Aber es ist nicht gekommen.«

»Es ist nicht gekommen«, bestätigte Raven, »und das war es ja. Auf einmal haben sie den Befehl gegeben, die Frauen sollten die Burschen fertigmachen, und die haben einander angesehen und gewartet, aber dann ist eine alte Frau losgestürmt und hat zu brüllen begonnen, heißa, heißa, die Revolution der Hausfrauen beginnt. Und die waren nicht mehr zu halten und sind über die Burschen hergefallen und haben ihnen die Nasen blutig geschlagen und die Haare ausgerissen und ihnen dann die Hosen heruntergezogen. Die Burschen lagen umher, in weißen Unterhosen, und ein Geschrei war das und ein Gejohle, bis man nichts mehr sehen konnte und die meisten Burschen einfach niedergetrampelt waren. Kein Fleck an ihrem Körper war heil, und das ganze Spital war voll, und wir mußten noch zusätzlich eine Schule als Notquartier herrichten.«

»Ausgerechnet eine Schule«, sagte Anna, »es muß ein komischer Anblick gewesen sein.«

»O ja«, erklärte Raven, »der Anblick hatte tatsächlich etwas für sich. Da lagen sie in einer gläsernen Schule, von außen konnte man gut hineinsehen – die Erziehung in unseren Schulen kann ja von jedem kontrolliert werden –, von außen sah man auch ihre weißen Gewänder und ihre blutigen Nasen und ihre blauen Gesichter. Und wenn sie aufschauten, konnten sie alle Bilder der Schule an den Wänden hängen sehen, die Bilder der großen Helden, und sie selbst waren von Frauen verprügelt worden, von alten Frauen und von mageren, jungen Frauen. Und sie konnten auch die Sprüche lesen, der oberste Richter ist immer das Volk, und sie waren tatsächlich vom Volk gerichtet worden. Ein paar von ihnen waren früher in diese Schule gegangen, und wahrscheinlich haben sie von Heldentaten geträumt und nicht davon, daß man ihnen die Hosen auszöge.«

»Du lachst darüber, was?« fragte Anna. »Die Geschichte von den Hosen haben sie in der Schule erzählt, in meiner Schule.«

»Die wird man noch lange erzählen«, sagte Raven, »das ist ja auch eine Briefträger- und Gaskassierergeschichte zum Totlachen. Aber die Burschen konnten damit nicht fertigwerden. Mit den Wunden, ja, die waren nicht so arg, die konnten zusammengeflickt werden. Aber man hat sie tiefer getroffen. Man hat ihr Inneres auseinandergenommen, verstehst du? Fein säuberlich in Stücke geschlagen. Die konnten nicht mehr miteinander reden, nicht einmal anschauen konnten sie sich, die lagen da und sagten kein Wort. Und in der Nacht konnten sie nicht schlafen, und ein Bursche fing an zu wimmern und bat uns, wir sollten ihn umbringen. Eine ganze Woche ging das so, und wir kamen nicht aus den Kleidern.«

»Habt ihr ihn umgebracht?«

»Nicht doch, das hat er ganz allein fertiggebracht, und zwar nur halb. Mitten drin hat er es sich überlegt, aber da war es schon zu spät. Und seine Mutter wollte die Leiche nicht haben, sie schickte ihre Schwester, und die machte das Haus verrückt und schrie, mit dem toten Kerl wolle sie nichts zu tun haben, niemand wolle was mit ihm zu tun haben, und wir sollten mit ihm anfangen, was wir wollten. Und kein Mensch war bei dem Begräbnis.«

»Wieso weißt du das?«

»Ich war dabei«, sagte er, »als einziger. Eine Art Neugier, verstehst du? Er war ein kleiner, drahtiger Kerl, und als die Panzer kamen, war er einer der ersten, die versucht haben zu singen.«

»Ist es schwer, einen Menschen zu töten?« fragte sie. Sie sah ihn nicht an dabei, und sie wunderte sich darüber, daß ihre Stimme nicht zitterte.

»Warum fragst du?«

»Neugier«, erwiderte sie, »wie bei dir.«

»Es ist nicht schwer«, sagte er, »nicht der Handgriff. Die Hände bewegen sich ganz normal, du krümmst einen Finger, machst eine rasche Bewegung, oft genug hast du das gemacht. Und dann ist es schon vorbei, und du wunderst dich, wie schnell es gegangen ist.«

»Und nachher?«

»Willst du bestimmt keine Zigarette?«

»Danke.«

»Nachher«, sagte er langsam, »kannst du alles mögliche tun, du kannst in ein Kino gehen oder Platten hören, nichts hat sich verändert, der Himmel nicht, deine Hände nicht, du hast keine Blutflecken darauf, und dein Gesicht ist nicht schwarz geworden. Du findest kein Zeichen an dir, so oft du auch in den Spiegel schaust. Aber es gibt einen Menschen weniger, und du bist daran schuld. Er kann nicht mehr denken, er lacht nicht mehr. Am Abend wollte er seiner Frau Gemüse nach Hause bringen, nun bringt er es eben nicht. Er erzählt keine Witze mehr. Und du denkst darüber nach, ob das alles wichtig gewesen wäre, seine Witze, das Gemüse für seine Frau. Das schleppst du mit dir herum.«

Und wenn er schädlich war?«

Raven lachte. Er streckte die Hand nach ihrem Gesicht aus und ließ sie wieder sinken.

»Und das entscheiden wir, ja? Wir beide. Und wenn wir es herausfinden, dann töten wir ihn.«

»Wir melden ihn zuerst«, sagte sie.

»Damit haben wir ihn schon getötet.«

»Ja«, sagte sie, »ja, das ist wahr. Aber irgend jemand muß den Handgriff dann tun.«

»Natürlich, irgendwer muß es tun. Und wenn du es bist, bist du sehr stolz darauf. Du kannst es später deinen Kindern erzählen.«

»Gibst du mir eine Zigarette?« fragte sie.

Er gab ihr eine Zigarette und sah ihr eine Weile zu, wie sie rauchte.

»Nervös?« fragte er.

»Warum?«

»Du hast keinen leichten Auftrag«, sagte er.

Sie schrak zusammen und sah ihn aus großen Augen an.

»Was meinst du?« fragte sie.

»Nur so«, sagte er lächelnd. Er fröstelte und sah, daß auch Anna zitterte.

»Du bist ein hübsches Mädchen«, sagte er, »weißt du das? Wenn du nervös bist, wenn du Angst hast, bekommst du plötzlich ein Gesicht. Ich habe heute schon ein paarmal gesehen, daß du Angst hast.«

»Nein«, sagte sie.

»Erzähl von dir.«

»Da gibt es nichts zu erzählen.«

»Versuch es«, sagte er.

Sie mußte über ihre Angst hinwegkommen, sie war nicht fähig, sich zu beherrschen, und sie begann zu erzählen, ohne Zusammenhang, von ihrer Kindheit zuerst, von den Tagen im Kindergarten. Mutter hatte sie ein paarmal besucht, aber das ging schnell vorbei, eine junge, unruhige Frau, sie strich zerstreut durch das Haar des Kindes, sie hatte so viel zu bedenken, sie hatte viele Funktionen, und das Kind war ihr fremd geworden, wenn sie dieses Haar fühlte, erschrak sie darüber, und sie schämte sich, und ihr Atem wurde auf einmal klein, und sie hatte Angst zu ersticken, wie ein Klumpen saß es in ihr, und dieses Haar war weich, und das Kind sah neugierig zu ihr auf. Aber sie hatte gelernt und es weitergesagt, Kinder können nur in Heimen ohne Fehler aufwachsen, ohne die Fehler, die aus der Zärtlichkeit entstehen, ohne die falschen Geschichten, die man ihnen erzählt. Und wenn sie krank sind, ist es sinnlos, an ihrem Bett zu sitzen, zitternd vor Angst, und ihre heißen Hände zu halten. Im Heim wurden sie alle drei Tage untersucht, in langen Reihen standen sie vor dem Zimmer des Arztes, kicherten und schämten sich ein wenig.

»Sie war eine schöne Frau«, sagte Anna, »zumindest bilde ich es mir ein. Vielleicht war sie auch eine häßliche Frau.«

»Natürlich war sie schön«, sagte Raven, »meine Mutter war auch schön.«

Die Entbehrungsübungen fielen ihr wieder ein. Sie war noch sehr klein gewesen, aber sie hatte sich freiwillig gemeldet, sie hatte nicht ahnen können, daß es an diesem Tag Torte gab. Und die Torte war auf den Tisch gekommen, eine riesige, weiße Kremtorte, und alle hatten sie gegessen, nur sie saß da und hatte darauf verzichtet, sie hatte sich fest vorgenommen, nicht zur Torte hinzusehen, aber nun konnte sie den Blick nicht mehr davon abwenden. Und die anderen nahmen ein zweites Mal, sie sah, wie sich die runden Münder bewegten und wie die Riesentorte kleiner wurde. Wochenlang hatte sie von dieser Torte geträumt, und viele Jahre später war sie in ein Geschäft gegangen und hatte eine Riesentorte bestellt und gegessen, bis ihr übel geworden war.

»Ich weiß nicht, warum ich das alles erzähle«, sagte sie, »es kann dich nicht interessieren, und ich weiß gar nicht, wieso es mir gerade jetzt einfällt.«

»Weil ich dich danach gefragt habe«, sagte Raven, »und weil es manchmal guttut, über solche Dinge zu reden. Du warst in einer Fabrik, später?«

»In einer Fabrik und in einem Mädchenheim.«

»Und wie war es?«

Sie sah ihn ratlos an, und sie merkte, daß sie zum erstenmal darüber nachdachte. Jeden Tag war sie in dieser Fabrik gewesen, Kontrollen beim Eingang, die Kontrolluhr, die gleichen Handgriffe, sie hatte nichts dabei gefühlt, weil es eben so sein mußte. Es gab nicht viel zu reden zwischen den Fließbändern und nicht viel zu sehen, solche Bänder waren wie endlose Würmer, liefen über Rollen, durch Kammern, wo elektronisch Farbe versprüht wurde, am Nebenband baumelten metallene Gegenstände von Haken – das Nebenband interessierte sie nicht –, und diese Haken bewegten sich träge vorwärts.

»Ich habe eben dort gearbeitet«, sagte sie.

»Hast du einen Freund?«

»Ich glaube, ja«, sagte sie, »er heißt Ugo.«

Sie war immer ratlos, wenn sie an ihn dachte, sie sah sein Gesicht, aber sie konnte es nicht feststellen, er konnte schüchtern lächeln und dann wieder grausam. Vielleicht hatte er sie schon gemeldet, und vielleicht war er ausgezeichnet worden.

»Älter als du?«

»Ja«, sagte sie, »ein bißchen. Wir möchten heiraten.«

»Das ist schön«, sagte Raven spöttisch.

»Lachst du mich aus?«

»Ich lache nie jemanden aus. Ich werde selber ausgelacht. Jenny findet, daß man den ganzen Tag über mich lachen muß.«

»Kennst du einen Mann, der Ol heißt?« fragte er hart.

Sie schwieg und starrte ihn erschrocken an.

»Also doch«, sagte er, und es klang fast zufrieden.

»Nein«, sagte sie.

»Er ist Kohlenmann, habe ich gehört. Magst du Kohlenmänner?«

»Ich weiß nicht.«

»Ich kannte einen«, sagte er, »erst gestern ist er mir wieder eingefallen. Ich hatte einen Schulfreund, den sie vor ein Hausparlament stellten.«

»Warum?«

»Er sollte etwas gestohlen haben, aber wahrscheinlich war das Unsinn, jedenfalls haben wir beraten, ob wir ihn melden sollten, aber niemand hatte eine Meinung. Sie haben nur so herumgeredet, es gab auch keinen ordentlichen Beweis, nur der Kohlenmann hatte eine Meinung, und er verlangte, wir müßten ihn melden. Und das ist dann auch geschehen.«

»Und?«

»Nichts und. Sie haben ihn abgeholt. Aber manchmal sollte man eben eine Meinung haben. Sonst nehmen uns die Kohlenmänner die Entscheidung ab.«

»Ich möchte jetzt gehen«, sagte Anna leise.

»Geh nur.«

Sie zögerte noch einen Augenblick.

»Darf ich noch etwas fragen?«

»Ja?«

»Magst du dieses Mädchen?«

»Welches Mädchen?«

»Jenny.«

Raven lachte. »Ich kann dir zwanzig Fehler sagen, die sie hat. Aber manchmal mag ich sie trotzdem. Und manchmal kann ich sie überhaupt nicht leiden.«

»Ach so.«

»Warum willst du es wissen?«

»Sie ist so sicher«, sagte Anna langsam, »sie weiß genau, was sie will.«

»Das hat sie mir voraus.«

»Auf später«, sagte Anna.

»Auf später.«

Als sie die Tür öffnete, hörte er die schwachen Geräusche des Hauses: das Surren eines Lifts, die Bewegungen eines Roboters. Es waren vertraute Geräusche.

Und plötzlich fiel ihm ein, daß er die Geräusche nicht mehr lange hören würde. Das Mädchen würde ihn töten. Und wenn nicht sie, dann eine andere. Es gab Tausende, die darauf warteten.

Wir sind jetzt Freunde, dachte er erschrocken, der Seiltänzer und ich, und die Geräusche des Hauses werden bald lauter werden. Sie werden lachen, wenn ich tot bin, laut werden sie lachen. Und die Patienten werden die Köpfe zusammenstecken und werden flüstern, das graue Zebra sei wieder dagewesen, das graue, häßliche Zebra mit den gelblichen Zähnen.

Ist Mo krank?

Der Zustand der kleinen Mo verschlechterte sich von Tag zu Tag. Raven hatte sie in eines der wenigen Einzelzimmer schaffen lassen, obwohl dies gegen die Vorschrift war, weil man meinte, vor allem sei es die Gemeinschaft des Leidens, die Kranken helfen müsse. Aber Raven hatte es aus Trotz getan, die Angst überfiel ihn jetzt seltener, es war fast heiter, gegen die Ordnung zu verstoßen und damit die Drähte enger zu schließen, die sich um seine Person spannten; er konnte es spüren, dieses Drahtnetz, irgendwo saß eine große Spinne, ein überkluges Tier, hervorragend konstruiert, und leidenschaftslos zog sie ihre Fäden wie ein unschlagbarer Schachspieler. Raven war jetzt ganz sicher, daß die Diagnose über Mo falsch war und daß es vorher viele ähnliche Fälle gegeben hatte. In einem anderen Fall hätte er darüber nachgedacht, welche Konsequenzen daraus zu ziehen seien, doch in seinem Fall waren die Konsequenzen bereits gezogen, und was ihm zu tun blieb, war ein kurzes Zappeln, das seinen Bewachern sicherlich Vergnügen bereitete. Er konnte die anderen Ärzte mobilisieren, aber niemand würde ihm glauben, wie eine Mauer würden sie von ihm abrücken, verlegen, mit betretenen Gesichtern, so wie sie schon lange merklich von ihm zurückgewichen waren.

Mo hatte sich ganz plötzlich geweigert, weiter am Fernsehprogramm Vergnügen zu finden. Sie lag jetzt reglos, ohne ein Lächeln, in einem Bett, das etwas zu groß für sie war, versank zwischen den Kissen und starrte teilnahmslos vor sich hin. Ihre Mutter kam jetzt täglich, sie sah elend aus, und stundenlang saß sie mit einem hilflosen Lächeln am Rande des Bettes, gerade so, daß sie nicht fiel, und sie wollte mit ihrer Tochter reden. Manchmal sprach sie hastig, wie im Fieber, aber Mo sah sie nicht an und weinte nicht und hatte keine Klage, nicht über Schmerzen und nicht über die Behandlung im Spital. Man hatte den Eindruck, beide seien Patienten, von der gleichen, rätselhaften Krankheit befallen, eine Glaswand lag zwischen ihnen, nicht sehr dick, aber sie dämpfte die Worte, eine unsichtbare Wand, die jedes Gefühl verschluckte, sooft auch die Mutter ihr Lächeln versuchte, das so schnell wieder versickerte, wie es entstanden war.

Manchmal, wenn die Mutter gegangen war, begann Mo zu weinen, ein trotziges, lautloses Weinen, ihr Gesicht war dann weit offen vor Schmerz und Entsetzen, ihre Hände krallten sich in die Bettdecke, es sah aus, als müsse sie gleich schreien, laut und jämmerlich, aber ihr Schreien kam nicht.

Anna war die einzige, mit der sie bisweilen sprach, sie hatte Vertrauen zu ihr gefaßt, und manchmal vergaß sie das Spital, dann mußte sich Anna zu ihr setzen, und Mo erzählte von ihren kindlichen Träumen, von Papierschiffen, die sie selbst gebaut hatte und die im Waschbecken geschwommen waren, dicke und doch schnelle Schiffe. Und einmal hatte sie so lange gebettelt, bis ihr der Vater einen Drachen bastelte, ein buntes Ding, dessen Abbild sie in einem alten Buch gefunden hatte, er sah prächtig aus, und in dem Buche stand, er könne fliegen, aber natürlich war er nicht geflogen, so sehr sie ihn auch über eine Betonfläche gezerrt hatte; in Vienna 2 gab es ja keinen Wind.

Anna hatte sich etwas verändert, seitdem sie im Spital arbeitete. Sie schämte sich ein wenig, bei Mo zu sitzen und ihr Vertrauen zu haben, gleichzeitig aber war es ihr, als sei sie ein zweitesmal zum Kind geworden, zu einem verängstigten Kind, das viele Träume hat, aber gleichzeitig schon so alt ist, daß es weiß, diese Träume werden sich niemals erfüllen, werden bunte Seifenblasen bleiben, scheckige Feldhasen, die über die Äcker tollen, aber in Wirklichkeit gibt es keine Äcker und keine scheckigen Hasen. Dann war es, als seien sie dieselbe Person, Anna und Mo, und Anna dachte erschrocken, vielleicht müßte sie sterben, wenn Raven ihr nicht helfen könnte. Und das Entsetzen packte sie bei dem Gedanken, daß sie Raven töten müßte, denn gleichzeitig würde sie auch dieses kleine Mädchen töten.

»Hast du schon einmal einen Papierdrachen gehabt?« fragte Mo.

»Nein«, sagte Anna, »ich wußte gar nicht, daß es so etwas gibt.«

»Mein Vater hat mir immer solche Sachen gemacht«, sagte Mo, »der hatte geschickte Hände.«

»Magst du deinen Vater?« fragte Anna.

Mos Gesicht erstarrte. »Er ist im Zoo«, sagte sie, »und ich soll nicht darüber sprechen. Das ist ein Geheimnis.«

»Geheimnisse darf man nicht verraten.«

»Nein«, sagte Mo, »und ich verrate auch gar nichts.«

»Warum bist du eigentlich so gegen deine Mutter?« fragte Anna.

»Wie bin ich zu ihr?«

»Abweisend«, meinte Anna, »du zeigst ihr, daß du sie nicht magst.«

»Ich mag sie auch nicht«, sagte Mo, »ich mag sie nicht, ich mag sie nicht.«

Anna sah, wie Mo tapfer mit den Tränen kämpfte, ihre Augen huschten im Raum umher, über die weißgestrichenen Wände, die Signallampen und das Bild, das an der Breitwand des Raumes hing, ein Foto der Stadt mit tausend Wohntürmen, mit einem gleißenden Himmel darüber.

»Ich habe nie eine Mutter gehabt«, sagte Anna.

»Warum nicht?«

»Ich war in einem Heim, und da gab es keinen Platz für Mütter.«

»Mein Vater wollte nicht, daß ich in ein Heim komme«, sagte Mo, »er hat Ärger gehabt deswegen, und ein paarmal ist er auch vorgeladen worden, aber er hat mich einfach nicht hergegeben.«

»Hör zu«, sagte Anna entschlossen, »es ist schön, einen Vater zu haben, und ich wäre froh, eine Mutter zu haben.«

»Ich nicht«, sagte Mo.

Sie sahen Raven ins Zimmer kommen, und Mo verkroch sich in ihre Kissen.

»Ich esse nichts«, sagte sie.

»Mußt du auch gar nicht«, sagte Raven fröhlich, »ich bin nur eben vorbeigekommen, weil ich über dich nachgedacht habe. Und mit deiner Mutter habe ich auch gesprochen.«

Er setzte sich auf den Stuhl neben Anna, und einen Augenblick lang berührten ihre Hände einander, er saß so nah, daß Anna erschrak, weil ihr plötzlich Ol einfiel, und wenn sie den Befehl schon gehabt hätte, dann wäre dies der Augenblick gewesen, Raven zu töten, vor den Augen Mos, hier mitten im Spital.

»Ihr versteht euch ja prächtig«, sagte Raven zu Anna, »und du wirst sicher eine ganz ausgezeichnete Krankenschwester. Eine von denen, die in den Gesprächen der Patienten in die Unsterblichkeit eingehen.«

»Sie spricht mit mir«, sagte Anna, »das ist aber auch alles. Wenn ihre Mutter kommt, liegt sie da und starrt gegen die Decke.«

»Ich weiß jetzt auch, warum«, sagte Raven, »ich habe mit deiner Mutter gesprochen. Und bevor wir dich operieren, werden wir drei einen kleinen Besuch machen.«

»Welchen Besuch?« fragte Mo.

»Wir werden deinen Vater besuchen«, sagte Raven.

Mo richtete sich auf, und ihr Gesicht veränderte sich, Freude lag darin und gleichzeitig Erschrecken.

»Das redest du nur so«, sagte sie hastig.

»In einer halben Stunde gehen wir.«

Sie atmete schneller, und ihre Hände wischten flink über die Bettdecke.

»Das kannst du ja gar nicht«, flüsterte sie, »zu meinem Vater, der ist im Zoo, und der hat zwei Wächter, und die schlagen ihn auch, und die Leute lachen über ihn, und da können wir nicht hin, das kannst du ja gar nicht.«

»Ich möchte, daß du ihn siehst. Warst du einmal bei ihm?«

»Einmal«, sagte Mo tonlos, »heimlich war ich dort, und ich hab' ihn nur von weitem gesehen, und ich habe auch die Soldaten gesehen.«

»Diesmal wirst du mit ihm sprechen«, erklärte Raven, »und dann kannst du ihm alles erklären von deiner Mutter.«

»Nein«, sagte Mo.

»Doch«, beharrte Raven, »du kannst ihm ruhig sagen, daß sie ihn verraten hat. Das denkst du doch?«

Ihre Lippen begannen zu zittern, und wieder war der große Schmerz in ihr, verkrallte ihre Hände, nahm ihr fast den Atem.

»Es ist wahr«, flüsterte sie, »es ist wahr. Ich hab' es selbst gehört. Alles hat sie den Soldaten erzählt, und sie hat gesagt, er war immer ein schlechter Vater, und sie hätte mich längst in ein Heim gegeben, aber er hat es nicht gewollt. Und dann haben die Soldaten weiter gefragt, warum sie es nicht gemeldet hat, daß er mich geschlagen hat, nie hat mich Papa geschlagen, aber sie hat gesagt, jawohl, er hat sie geschlagen. Und sie hat gesagt, sie hat Angst gehabt, daß er sie auch schlägt. Und dann hat sie gesagt, daß sie nichts mehr wissen will von ihm, einsperren sollen sie ihn, und sie wird ihn nicht besuchen. Und sie hat gesagt, natürlich gibt sie mich in ein Spital, wenn die Ärzte sagen, ich bin krank, und das haben die Ärzte auch gesagt. Die ist krank, haben sie gesagt, und jetzt bin ich hier, und ihr schneidet mich auf, aber es ist ja gleich, und wenn ich tot bin, dann ist Papa sicher auch tot, und dann treffe ich ihn, das weiß ich.«

Raven stand auf und suchte in seinem Kittel nach einer Zigarette.

»Ich gehe einen Schluck trinken«, sagte er zu Anna, ohne sie anzusehen, »und du machst die Kleine fertig.«

»Ja«, sagte Anna. »Freust du dich, Mo?«

Aber Mo schwieg, sie schwankte ein wenig, als sie aus dem Bett kletterte, und Anna sah ihre mageren, eckigen Schultern und dachte, wie seltsam es sei, was so magere Körper aushalten können und so kleine Mädchen, ohne zu schreien und ohne zu heulen wie kleine Hunde. Aber sie war ja selbst so gewesen, und einmal hatte man ihr ein buntes Bild weggenommen, ein Bild von einem Hund, und immer hatte sie dieses Bild bei sich getragen, aber dann hatte man ihr es weggenommen, und sie hatte nicht geweint.

Raven hatte dem Oberarzt kurz mitgeteilt, daß er Mo mitnehme, um ihren Vater zu besuchen, und der Oberarzt hatte ihn nachdenklich angeblickt, ohne Vorwurf. Er hatte nur seine schmalen Lippen verzogen und gemeint, er halte nichts von diesen Dingen, und das Elektronengehirn habe auch keine entsprechende Anweisung gegeben, aber selbstverständlich stehe es Raven frei, diese Entscheidung zu treffen, wenn er die Verantwortung dafür übernehme.

Der Oberarzt war einer von den neuen Männern, die der Staat hervorgebracht hatte, ein glänzender Chirurg, aber kalt wie ein Fisch, für ihn hatten die Patienten aufgehört zu existieren, und was er in sein Spital aufnahm, waren Krebsgeschwüre, Magenerkrankungen, Darmleiden, nichts haßte er so sehr wie stöhnende und jammernde Kranke, Männer, die ihre Leidensgeschichte erzählen wollten, Anverwandte, die bleich und stammelnd die Vorräume bevölkerten. Nach der großen Revolution hatte es einen kurzen, aber heftigen Kampf unter den Ärzten gegeben, zuerst hatte man die Alten entlassen, Männer, die noch mit den Kranken scherzten, ihnen auf die Schulter klopften und in den Lehrgängen Anekdoten erzählten. Dann waren für ein paar Jahre die derben Ärzte aufgetaucht, Burschen aus ländlichen Gegenden, strebsam, aber unsicher, Söhne von Bauern und manchmal sogar von Briefträgern. Bis die Generation des Oberarztes die Herrschaft übernommen hatte, eine kalte, hochausgebildete Schar, Soldaten der Medizin, Männer, deren Gesichter man nur schwer voneinander unterscheiden konnte, die am Morgen bei geöffneten Fenstern turnten und am Abend geschlossene Zirkel bildeten mit sehr schönen, marmornen Frauen, die niemals ein lautes Wort sprachen. Mit ausgeklügelten Tischsitten, mit feinnervigen Händen, Ärzte, die einander am Abend nicht mehr mit dem üblichen Du ansprachen und die Krankheiten haßten, weil sie Krankheiten als mangelnde Intelligenz empfanden. Sie fürchteten nichts mehr, als selbst krank zu werden, und ihre Frauen sprachen schon zwei Jahre, bevor sie ein Kind bekommen wollten, von nichts anderem mehr als von dieser lästigen Prozedur.

»Da ist übrigens noch etwas«, sagte der Oberarzt bedächtig.

»Ja?«

»Da ist irgend so ein Mädchen. Die ist uns sehr empfohlen worden. Ich möchte, daß du sie möglichst in deiner Nähe behältst.«

»Anna?«

»Kann sein. Ich kann die Namen nie auseinanderhalten.«

»Schicken sie uns jetzt die Schwestern aus den Fabriken?«

»Warum nicht?«

»Warst du einmal in einer von den Fabriken?«

»Nein. Ist das wichtig?«

»Du mußt sie einmal im Akkord sehen«, sagte Raven, »die haben da einen Spruch, daß der Akkord seine Kinder frißt. Der hetzt sie, der läßt sie nicht los, der macht sie gefühllos, bis nichts mehr Platz hat in ihrem Kopf, höchstens noch ein bißchen Unterhaltung am Abend. Viel Verständnis für Kranke kannst du von einem Mädchen aus einer Fabrik nicht verlangen.«

»Verlange ich auch nicht«, murmelte der Oberarzt ungeduldig, »Hauptsache, wir haben das Verständnis. Oder glaubst du, daß es uns fehlt?«

»Ich werde mich sehr hüten«, sagte Raven.

Sie nickten einander zu, und Raven sah ihm nach, wie er selbstbewußt den Flur hinunterging, mit federnden Schritten, den Kopf vorgeneigt, ein Mann ohne Laster, ohne Mitleid, mit eisernen Prinzipien, der es eingeführt hatte, daß die Nachtschwestern ihr Zimmer mit Roboterfrauen teilen mußten, mit leblosen Drahtkonstruktionen, die nichts anderes zu tun hatten, als im Zimmer zu hocken, Gespräche anzufangen und die Antwort auf Band aufzuzeichnen. Während des Dienstes war es Vorschrift, jede Frage der Roboter zu beantworten, und diese Stahlgesellen waren darauf eingerichtet, eine Frage herauszuschießen, wenn man gerade in Gedanken war, lauernd, ungeduldig, und es war gefährlich, über eine Antwort zu lange nachzudenken. Der Oberarzt hatte eine Schwäche für die so entstandenen Tonbänder, er konnte sie stundenlang abhören, mit angespannter Miene, und es waren sehr persönliche Dinge dabei, die die Schwestern beantworten mußten.

Raven erinnerte sich an ein junges, dickliches Mädchen, das ein Roboter zur Verzweiflung getrieben hatte. Immer deutlicher war dieser Roboter geworden, bis ihm das Mädchen eine Vase gegen den Schädel geschmettert hatte. Anschließend hatte es eine lange Untersuchung gegeben, und das Mädchen mußte alle Fragen, die der Roboter an sie gestellt hatte, vor der versammelten Mannschaft des Krankenhauses noch einmal beantworten. Raven hatte das Mädchen viele Jahre später wiedergesehen, sie war jetzt noch rundlicher geworden, war die Frau eines bebrillten Pflegers, und alle Fröhlichkeit war aus ihrem Gesicht verschwunden, sie hielt den Kopf gesenkt, und als sie Raven sah, schoß eine heftige Röte über ihre Stirn.

Aber sie war nur eine von den vielen, die man gebrochen hatte, mit Gewalt oder mit List, plötzlich oder sehr langsam. In jeder Unterrichtsstunde auf der Universität hatten sie das zu hören bekommen: Man muß den Menschen brechen, um ihn glücklich zu machen, um die Ängste aus ihm zu vertreiben, die Zweifel, die sinnlos verspielten Träume, seinen Stolz, seinen Egoismus und seine Kraft, die er sonst nutzlos vergeudet, man muß ihn zerstören, zerstampfen, bis nichts von ihm übrigbleibt, dann erst ist er fähig, Höheres zu begreifen, Befehle ohne Mitleid auszuführen, Vergnügen zu genießen, Wertloses zu vernichten.

Raven zündete sich eine neue Zigarette an, und dabei fielen ihm die Bücherverbrennungen ein. Am Anfang hatte man riesige Feuer auf großen Plätzen entzündet, aber das war zu einfach gewesen, zu unpersönlich, bis man zu den Hausverbrennungen übergegangen war. In jedem Haus wurden die gefährlichen Bücher zusammengetragen, und Wasser wurde über die Stöße gegossen, dann erst durften Streichhölzer entzündet werden, das war eine mühsame Arbeit, und die Gasmänner – Männer mit Feuererfahrung – arbeiteten verbissen, und alte Frauen knieten nieder und bliesen und bliesen, um die Flammen anzufachen, bliesen sich ihr letztes Stücklein Lunge aus dem Leibe, und einer schrie, des Nachbarn kleiner Junge besitze noch ein gefährliches Bilderbuch, und das mußte herbeigeholt werden; und weil man schon beim Wasser war, half man mit den Wasserschläuchen nach, wenn das Buch nicht gleich gefunden wurde, da taumelten die Menschen durch Wasserstrahlen, Uhren wurden von den Wänden gespritzt, und ein Mann wurde durch den Druck des Wassers samt seinem Bett auf den Korridor gespült, er brüllte vor Wut, und die Menge brüllte zurück, er wolle wohl die Revolution verschlafen, was? und glücklich solle er sein, daß man ihn nicht gleich mitverbrenne. Dann wurde er kleinlaut und schnüffelte zur Buße nach neuen, gefährlichen Bilderbüchern und kniete nieder und blies, der Rauch schwärzte sein Gesicht, und seine Augen tränten. Da schrien die Leute, der Kerl weine auch noch, und ein Gasmann schüttete Benzin in die Flammen, die leckten plötzlich hoch, und der Mann hatte Mühe, sich die brennenden Kleider vom Körper zu reißen. Und mitten in den schwelenden Büchern taumelte ein Kind und weinte, wurde im letzten Augenblick gerettet, nur hatte es keine Augenbrauen mehr, und sein Kopf war schwarz und kahl, und das Kind schrie, es müsse verbrennen, und man solle es doch löschen, da bespritzte man es mit dem Schlauch.

Seit dieser Zeit gab es nur wenig Bücher, neue wurden nicht mehr gedruckt, nur im Zentrum der Stadt arbeitete noch eine Kommission, die Anzeigen überprüfte und Prämien für erfolgreiche Meldungen zahlte.

Anna war in ihrer Schwesterntracht geblieben, das Zeug war noch neu und roch nach Spital, ein Geruch, der Raven begleitet hatte, so lange er denken konnte.

Sie wählten die Hochbahn, ein beschleunigtes Fließband mit bequemen Sitzen, das in schwindelerregender Höhe über den Häusern dahinlief und zwischen Süden und Norden nur eine einzige Station hatte. Um diese Tageszeit waren nur wenige Menschen unterwegs, Streifenpolizisten, deren Dienst zu Ende war, Studenten, die zum Arbeitseinsatz fuhren, Geschworene, die nach Vienna 3 durchgeschleust wurden, zu einem der vielen Prozesse, in denen sie nur nebensächliches Beiwerk bildeten, weil das Urteil schon vorher berechnet war.

Mo saß unruhig zwischen ihnen, die Erregung kämpfte in ihr, ihr Gesicht war blaß, und ihre Augen hatten sich geweitet. Vor den riesigen Fenstern tauchte die Silhouette des Nordens auf: Fabriken, flache, weitgestreckte Bauten, dahinter Überbleibsel der Vergangenheit, Schornsteine, die nicht mehr gebraucht wurden, eine verfallene Industrieanlage, dazwischen ein gewaltiges Revolutionsdenkmal, ein Koloß von einem steinernen Mann, der eine Fahne schwenkte, häßlich anzusehen, aber dennoch ein Erlebnis für jeden Menschen, denn dort fanden die Hochzeiten statt und wurden die Paare offiziell fotografiert: schüchtern lächelnde Mädchen, Verlegenheit und verschämtes Glück in den Augen, steife und hochaufgerichtete Männer und im Hintergrund die Zehen des Denkmals. Gegen eine Mehrgebühr wurden auch Fotos aus größerer Entfernung verfertigt, auf denen die Paare wie Ameisen aussahen, sie standen nun gruppenweise, zehn Paare auf einmal, numeriert und ihre Namen auf der Rückseite des Fotos vermerkt, aber dafür war die Gestalt der Revolution deutlich sichtbar, der Kopf des Riesen, der unmittelbar an den Himmel stieß. Um dieses Denkmal hatte es mehrmals Aufregungen gegeben, einmal, als ein Rebell den Riesen sprengen wollte, er hatte eine Ladung angebracht und gezündet, doch der Erfolg war lächerlich, nur ein einziger Daumen der linken Hand war abgesplittert, und nun trug der Riese einen rotgestrichenen Gipsverband, als Zeichen der blutigen Revolution. Und einmal hatte es geheißen, Umstürzler hätten absichtlich Vögel gezüchtet, die das Denkmal verunreinigen sollten, man hatte einen Feldzug mit Giftgasen gestartet, der alle Vögel der Stadt mit einem Schlag vernichtet hatte. Wie dunkle Regentropfen waren die toten

Vögel vom Himmel gefallen, und in der Nähe des steinernen Riesen war das Pflaster schwarz gewesen von befiederten Leichen mit weit aufgerissenen Schnäbeln. Noch zwei Tage später war das Giftgas in dieser Gegend stark genug gewesen, um einen Bräutigam, der schwach auf der Lunge war, glatt zu töten. Er war umgefallen wie ein Stück Holz, es hatte Alarm gegeben, und der Arztwagen war eingetroffen, alles hatte sich um den Toten geschart, und die Braut war verlegen daneben gestanden, mit ungläubigem Gesicht, so als erwarte sie, gleich darauf aus einem schrecklichen Traum zu erwachen und in Gelächter auszubrechen, zu den Freundinnen zu laufen und ihnen lachend zu erzählen, welch merkwürdiges Bild sie im Traum gehabt habe. Als sie den Toten weggeschafft hatten, hatte sie sich hilfesuchend an die Freunde gewandt, die zu Boden blickten und von einem Fuß auf den anderen traten, schließlich war der Befehl gekommen, man solle weitermachen, als sei nichts vorgekommen, nur kein Aufsehen, und die anderen Paare waren schon ungeduldig, schließlich hatte der Fotograf entschlossen eingegriffen und hatte den nächsten Mann neben sie gestellt, bitte schnell, bitte recht freundlich, erst da hatte sie zu heulen begonnen, und die anderen Paare hatten gemault, nun sei das Foto verpatzt.

Hinter dem Denkmal, dort, wo die verwaisten Industrieanlagen zu Ende gingen, konnte man noch Reste von Vienna 1 sehen, tief gelegene Teile der alten Stadt, verschüttete Gäßchen, halbe Häuser, Barockengel auf den Gesimsen, die vor sich hinlächelten, als sei nie etwas geschehen, einen Dom, dessen Spitze in die Tiefe gefallen war, nun sah er aus wie ein prächtiger, toter Zahn, den man einst geschmückt hatte, als sei er etwas Besonderes. Gleich daneben eine zweite Kirche, die Tür war aus den Angeln gefallen, und man konnte das schwarze Innere sehen, sicher roch es dort nach Moder und nach Mäusen. Vor der Kirche war eine Revolutionsfahne aufgepflanzt und bald darauf wieder gestohlen worden, bis man sie mit einem elektrisch geladenen Zaun umgeben hatte, aber kurz danach war ein Häusertrakt eingestürzt, und die Revolutionsfahne wehte zwischen Schuttbergen, nur von der Hochbahn aus sichtbar.

Sie verließen die Bahn bei der Denkmalstation des Nordens, von hier aus waren es nur noch ein paar Schritte bis zum Zoo, einem Phantasiebau, mehr einer Geisterbahn gleich, mit Schnörkeln und Erkern, alles errichtet, um den Eindruck des Lächerlichen zu erwekken; die Führungen, die hierher kamen, hatten schon von weitem das Gefühl, etwas zu erleben, das zwischen Ekel und Belustigung lag, ein Schwein mit zwei Köpfen, in ein zwei Meter hohes Glasgefäß gebettet, einen Feuerschlucker, einen böse grinsenden Menschenfresser.

Vor dem Bau paradierte die Wachmannschaft, zehn junge Burschen mit gleichgültigen Gesichtern, schwer bewaffnet, bereit, die Todesstrahlen zu verschießen, aber sie hatten sich an diese Bewaffnung längst gewöhnt und trugen die Strahler, als wären sie harmlose, kleine Revolver. Raven hatte ihren Anblick stets belustigt empfunden, je fünf marschierten mit Beinen, die sie hoch in die Luft warfen, von einem Ende des Baues zum anderen, begegneten einander beim Tor und salutierten. Wie Hampelmänner sahen sie aus, und Raven hatte oft daran gedacht, was sie wohl dächten und ob sie niemals Lust empfänden, einander Scherzworte zuzurufen oder herauszuplatzen vor Lachen, was da für komische Männer auf sie zumarschiert kämen, mit todernsten Gesichtern und Beinen, die sinnlos in die Luft hinauf schlugen.

»Netter Anblick, was?« fragte Raven leise.

»Ugo wollte auch immer zur Wache«, sagte Anna, »er hat es sich so sehr gewünscht.«

»Er wollte was zum Lachen haben, was?«

»Das verstehst du nicht«, meinte Anna.

»Doch«, sagte Raven, »ich weiß, daß es nicht zum Lachen ist. Wenn es einmal einen Angriff gibt, dann stehen die ganz allein gegen das Volk, nur mit ihren Atomwaffen, und dann müssen sie überlegen, ob sie schießen sollen.«

»Die überlegen nicht«, sagte Anna, »was gibt es da zu überlegen?«

»Auch nicht, wenn ihre Mutter in der Menge ist?«

»Auch nicht«, sagte Anna.

Raven spürte Mos kalte, kleine Hand in der seinen, und er spürte, wie sie zitterte.

»Ich will nicht hinein«, sagte Mo kläglich, »bitte, ich will nicht hinein.«

Sie hatte Angst, und alles, was sie so mühsam an Beherrschung getragen hatte, viele Tage lang, die Stunden, in denen sie gegen den Schmerz gekämpft hatte, gegen das Weinen, gegen dieses befreiende, laute Weinen, fiel nun von ihr ab, sie machte sich schwer und ließ sich ziehen, und ihre Stimme war klein und kläglich.

»Bitte«, sagte sie, »bitte.«

Raven ließ sie nicht los, er hörte sie leise weinen, doch sie waren schon bei der Wache und überreichten dem Wachkommandanten die Papiere. Er war ein kleiner, bärtiger Mann, der stolz war auf seinen Beruf und der wußte, daß er etwas Besonderes herzuzeigen hatte.

»Kleine Besichtigung, was?« fragte der Kommandant.

»Ja«, sagte Raven, »nur eine Besichtigung.«
»Und die Kleine?«
»Nur eine Besichtigung«, sagte Raven, »was, Mo?«
»Ja«, sagte sie kläglich, »ja, ja, ja, nur ganz klein, eine Besichtigung.«

Die Soldaten in den Warteräumen sahen sie ohne Neugier an, sie waren nicht viel mehr als Staffage, eine Truppe, die nur im äußersten Notfall eingreifen muß, denn es gab viele Warteräume, mit langen, stählernen Bänken an den Längswänden, und in jedem Raum elektrische Fanggitter, ein Gitter auf drei Meter Entfernung. Ein Druck auf den Alarmknopf genügte, und diese Gitter fielen herab, bildeten ein Netz aus Elektrizität, und der Flüchtling hockte dann in einem Käfig, aus dem es kein Entkommen gab, man konnte ihn ruhig eine Weile dort sitzen lassen, gemütlich zum Essen gehen, eine Partie Karten spielen, und er saß da, benommen vor Angst. Alle paar Tage wurden den Insassen des Zoos die Sicherheitsmaßnahmen genußvoll vorexerziert, man postierte sie wie Schauspieler, und sie standen dann einzeln in den Gängen, mit fahlen Gesichtern, man könne sie falsch aufgestellt haben, und gleich würde sie der Strom packen, nicht mehr loslassen, zu Asche schmoren.

Die Soldaten waren notwendig, um den Besuchern die Illusion eines Zoos zu geben: Wo wilde Tiere gehalten werden, müssen auch Wärter sein, Männer, die sich nicht scheuen, den Bestien entgegenzutreten, die aber auch darauf zu achten haben, daß nichts von dem wertvollen Ausstellungsmaterial verloren geht. Wenn Schulklassen eintrafen, hatten sich die Soldaten an den Wänden zu postieren, und die Kinder konnten dann Fragen stellen: Wieviel frißt ein Gefangener? Brüllen sie manchmal in der Nacht, und haben sie schon Wärter angefallen? Dann fühlten sich die Soldaten geschmeichelt und wurden ein wenig größer, ihre Brustkörbe weiteten sich, plötzlich waren sie wichtig, obwohl sie nur gemeine Soldaten waren, sehr junge Burschen mit großen Hoffnungen und Plänen, alle träumten von einer großen Schlacht, die durch sie ganz allein entschieden wurde. Oder sie saßen ganz einfach da, den Kopf vorgeneigt, und lauschten den Gesprächen der Gefangenen, Gesprächen aus vergangenen Zeiten, wie Märchen klangen sie, und dann waren sie stolz darauf, daß nun alles besser war, sauberer, überlegter, daß sie mit diesen Männern fertiggeworden waren, und sie wunderten sich höchstens darüber, daß diese Männer eine Gefahr sein sollten, die Angst hatten, sooft das Sicherheitssystem ausprobiert wurde, und die in der Nacht ruhelos auf und ab gingen, auf und ab, und die manchmal weinten wie Schwächlinge und einen Soldaten herbeiwinkten und ihm anvertrauten, sie hätten zwei Kinder zu Hause, zwei brave, kleine Kinder, und wie lange sei es wohl schon her, daß sie diese Kinder gesehen hatten, groß mußten sie schon sein, und wahrscheinlich würden sie diese Kleinen gar nicht wiedererkennen.

Raven zeigte geduldig seine Ausweispapiere und die Karteikarte von Mos Vater, der Zoo war ihm nichts Neues, er war ein paarmal dagewesen, zweimal, um Kranke zu behandeln, und er wußte, daß von hier aus nichts mehr zu erwarten war, wer hierhergebracht wurde, war schon am Ende, ohne Willen, ohne Haß, nur noch da, herumgezeigt zu werden, ein noch lebendiges Beispiel dafür, daß man es nicht wagen durfte, sich gegen das System aufzulehnen. Die Großen unter den Rebellen waren tot, und ihre mutigen Mitläufer waren in Vienna 3 stationiert, wurden dort behandelt, in fremde Zuchthäuser gebracht, und erst die letzte, ein wenig lächerliche und erbärmliche Station war der Zoo. Jene, die in Vienna 3 bewacht wurden, konnte man auch nicht jungen Soldaten anvertrauen, dazu waren sie zu verschlagen, zu beredsam, sie konnten in den jungen Burschen oft Zweifel erwecken, Unruhe säen, und deshalb kamen sie niemals mit Menschen in Berührung. Die Gefängnisse in Vienna 3 waren geschlossene Stahltürme, eine Stadt der Aussätzigen, der Pestkranken, von Robotern betreut, und nur einmal in der Woche kamen Menschen in die Nähe: bei den Hinrichtungen im Hof, drei Personen wurden dann willkürlich herausgegriffen, es war eine öffentliche Tombola, sehr spannend, vor ausgesuchtem Publikum, und immer dann, wenn die drei Namen mit Zetteln gezogen wurden, standen die Gefangenen eine Sekunde lang ohne Atem, starr, die Köpfe gesenkt, bis die Namen verkündet wurden, erst dann ging wieder ein Raunen durch die Schar, ein Aufatmen, nur die drei Opfer waren plötzlich ganz allein, eben hatten sie noch Freunde gehabt, aber schon rückten die Nachbarn verstohlen von ihnen ab.

Der Besucherraum war ein völlig kahles Zimmer, rund, die Wände aus Glas, von draußen her konnten die Soldaten jede Bewegung sehen, die Geräusche wurden hinaus übertragen, und in den Besuchszeiten waren meist Führungen unterwegs, die dann ruhig vor der Glaswand standen und den Gesprächen lauschten, die drinnen geführt wurden. Aber meist sprachen die Gefangenen nicht viel, die Menschen draußen machten sie verlegen, sie waren es nicht mehr gewohnt, Menschen zu sehen, die etwas anderes trugen als graue Kittel, die Pakete im Arm hielten und warm und rotwangig aussahen.

Sie standen und warteten, Anna nervös, es war einer jener Augenblicke, in denen sie sich verloren vorkam, nicht wußte, was sie mit den Händen und Beinen anfangen sollte; Mo, die sich schwach fühlte und deren Herz wie rasend klopfte; und Raven gleichmütig, er mußte beständig darüber nachdenken, was wohl in den Köpfen der Soldaten vorgehe, wahrscheinlich dachten sie gar nichts, aber ebensogut war es möglich, daß sie sich unbehaglich fühlten, daß sie Lust verspürten, die Warnanlagen zu zerstören, mit den Gefangenen Lieder zu singen und das Denkmal draußen in die Luft zu jagen.

Er kam ganz allein, ohne Wachmannschaft, Erich Kessler, knapp über dreißig Jahre alt, er ging vorgeneigt, als habe er Mühe, seine Umwelt zu erkennen. Er war ein kräftiger junger Mann gewesen, einer, nach denen sich die Mädchen verstohlen umsehen, mit einem breiten Lachen im Gesicht, mit Händen, die tolpatschig aussehen, aber geschickt zugreifen können, viele Stunden lang war er mit Mo zusammengewesen, ein großer Junge und ein kleines Mädchen, sie hatten verrückte Dinge ersonnen, er war ihr Pferd gewesen, ein wiehernder, ungestümer Gaul, und er hatte viele Geschichten gewußt, Geschichten, die er sich selbst ausdachte und die er selbst lustig fand, dann hatten sie beide losgelacht, laut und schallend, und er hatte Boxkämpfe mit ihr veranstaltet, mit einem Finger hatte er gegen sie geboxt, bis sie sich kichernd am Boden wand und schrie, er solle aufhören, sie könne nicht mehr, sie gäbe sich geschlagen.

Er blieb unsicher stehen und legte den Kopf schräg.

»Ja, bitte?« fragte er.

Er war nicht mehr der Mann, der mit kleinen Mädchen geboxt hatte, er erinnerte sich nicht mehr daran, das lag irgendwo in einer nebelhaften Ferne, er erinnerte sich nur an Verhöre und an eine Bahn, tage- und wochenlang war diese Bahn gefahren, und er erinnerte sich an zugige Bahnsteige, sie hatten gefroren, und ein eisiger Wind hatte geblasen, er erinnerte sich an die Arbeit unter Tage, in einem Stollen, in dem Wasser von den Wänden getropft war, schwarzes, muffiges Wasser, und mehrmals hatten sie ihn geschlagen, er versuchte, sich zu erinnern, aber dann war er zufrieden geworden, und sie hatten ihn in Ruhe gelassen, eine große Mattigkeit war in ihm, und er konnte sich über kindische Dinge freuen. Wenn er vom Fenster seiner Zelle aus eine Hochzeit beobachten konnte, kam es ihm bekannt vor, was sie da trieben, aber es fiel ihm nicht ein, er freute sich, wenn die Mädchen lächelten, und er lächelte mit. Oder wenn ihm ein Besucher etwas schenkte, die Besucher lachten dann, denn die Geschenke waren wertlos, eine verrostete Spule, ein kleiner Korb aus Kunstfasern, der schon Löcher im Boden hatte, dann grinste er dankbar, und er versteckte seine Schätze in der Zelle, ruhelos, jeden Tag an einem anderen Platz, und manchmal lachte er zufrieden über ein gutes Versteck, ein schlaues Versteck, und bisweilen schreckte er nachts hoch und begann in fieberhafter Eile nach einem neuen Versteck zu suchen. Es kam vor, daß es ihm nicht gleich einfiel, wo er seinen Besitz verborgen hatte, dann stand ihm der Angstschweiß auf der Stirn, und er lauschte hinaus auf den Gang, ob nicht einer der Soldaten davonschleiche, einer von denen, die hinter seinen Dingen her waren.

»Das ist Mo, Kessler«, sagte Raven laut.

»Mo«, murmelte Kessler tonlos, »das ist also Mo.«

Mo, das Wort war in ihm, er suchte danach, es weckte etwas in ihm, was er lange vergessen hatte, vielleicht war es noch gar nicht so lange, und er wußte es nicht, er klammerte sich an das Wort, Mo, dachte er, Mo, und das war wie eine dumpfe Glocke, die sich langsam und schmerzhaft in ihm in Bewegung zu setzen begann.

»Papa«, sagte Mo leise, und das Weinen schnürte ihre Kehle zusammen, »Papa.«

Kessler stand mit hängenden Armen, sinnlos baumelten sie herab, wie an einer Puppe, die niemand braucht und niemand will.

»Mo?« fragte er. »Mo?«

Und dann riß sich Mo los, mit einem kleinen, entsetzten Schrei, war schon bei ihm, klammerte sich an seinen toten, linken Arm, weinte an seinem Arm, streichelte ihn wie verrückt, und der Funke erwachte in ihm, die Glocke schlug jetzt stärker, und er hob den rechten Arm und strich langsam durch ihr Haar, ganz langsam, als fürchte er, etwas zu zerbrechen, buntes, wertvolles Glas, erinnerte sich an dieses Haar, lächelte plötzlich, ein schüchternes, verlorenes Lächeln, und jetzt schlug die Glocke ganz stark, eine Riesenglocke, drohte seine Brust zu sprengen, schüttelte ihn, ließ ihn hin und her taumeln, bum, bum, und verlorene Worte kamen aus ihm, denen er selbst nur lauschen konnte, verwundert, Worte, die er vergessen hatte.

»Mo«, murmelte er, »das ist Mo. Meine Tochter Mo, mein Mädchen Mo.«

»Mein Gott«, sagte Anna.

»Verdammt«, sagte Raven, »verdammt.«

Das Zittern verebbte langsam, Kesslers Gestalt straffte sich, seine Hände fuhren noch immer zögernd durch Mos Haar, sein Gesicht war jetzt Raven zugewandt.

»Das ist ein neuer Trick von euch, was?« fragte er.

»Es ist deine Tochter«, sagte Raven, »und ich bin ihr Arzt.«

»Arzt«, sagte Kessler, »Arzt, warum ein Arzt?«

»Es geht ihr gut«, sagte Raven, »wir passen schon auf sie auf. Und sie hat ja auch noch ihre Mutter.«

Mo klammerte sich noch immer an die Hand ihres Vaters.

»Ich habe keine Mutter«, wimmerte sie, »nicht wahr, Papa, wir haben keine Mutter, wo sie dich verraten hat, alles hat sie verraten.«

»Nach deiner Verhaftung hat man sie verhört«, sagte Raven, »sie hatte keine andere Wahl. Sie mußte alles sagen, was die wollten. Da gibt es keine andere Wahl.«

»Ach so«, sagte Kessler, die Erinnerung war nun stark in ihm, er erinnerte sich an ihre Wohnung, an seine Frau, eine ruhige, blonde Frau, und er erinnerte sich an den Tag, an dem sie ihn verhaftet hatten, doch dann schoben sich die Erinnerungen dazwischen, jene an die Bahnhöfe und an die unterirdischen Stollen.

»Mich haben sie auch verhört«, sagte er mühsam, »und da ist nichts, was man denen nicht sagt, verstehst du, Mo?« Ihr Haar war weich, eine andere Welt, so warm und weich. »Da möchte man ja ein Held sein und denen nichts sagen, aber dann kommen sie mit ihren Lampen und ihren Tasten und leuchten dir in die Augen, ganz tief in dich hinein, du kannst das Licht nicht aushalten, und das ganze Licht ist in dir drinnen, du wirst verrückt, gleich wirst du verrückt, und dann schreist du, ich will alles sagen, alles, was ihr wollt, aber das ist nur die erste Stufe, und dann kommt es noch viel schlimmer, das ist erst der Anfang, und niemand kann das aushalten, weißt du. Ich habe es nicht ausgehalten, und Mama konnte das auch nicht aushalten, mein Gott, das also haben sie mit ihr gemacht.«

»Ja«, sagte Raven, »und ich wollte, daß es auch Mo erfährt.«

»Das kann niemand aushalten«, sagte Kessler, die Panik war wieder in ihm, aber noch schlug die Glocke, und er beugte sich nieder zu Mo, und sie sah, daß sie sein Gesicht zerstört hatten, sie mußte sich sehr anstrengen, sein altes Gesicht noch zu erkennen, das Gesicht, das er gehabt hatte, als er ihr wildes Pferd gewesen war.

»Du mußt bei ihr bleiben, Mo«, sagte er heiser, »bleib bei ihr, dann kann ich an euch beide denken, hörst du, immer an euch beide.«

»Kommst du dann wieder nach Hause?« fragte Mo.

»Nach Hause«, sagte Kessler, »nach Hause.« Neben der Eingangstür zu ihrer Wohnung hatte es einen Spiegel gegeben und dann ein Zimmer, es war das Zimmer, aus dem sie ihn geholt hatten, und später war da ein Mann gewesen mit einem sehr breiten Gesicht und einer Lampe, die rot und violett gewesen war, diese Lampe, die Glocke wurde ausgelöscht von dieser Lampe. Kessler richtete sich starr auf, seine Hände lösten sich aus Mos Haar, jetzt sah er wieder die Gesichter der Soldaten hinter der Glaswand, bekannte Gesichter, wer waren sie nur gleich, und er mußte noch das Versteck wechseln, irgendwo hatte er etwas versteckt.

»Papa«, sagte Mo erschrocken, »Papa.«

Sein Geist war schon weit fort, zwischen violetten Lampen, in seiner Zelle, manchmal konnte man das Denkmal sehen und Mädchen, die lächelten, und manchmal waren Leute da, die ihm etwas schenkten.

»Schenkt mir was«, sagte Kessler, »ist einer da, der mir was schenkt?«

Anna sah Raven hilflos an, und sie sah, wie er die Lippen zu einem schmalen Strich zusammenzog.

»Wir müssen jetzt gehen, Mo«, sagte er.

»Nein«, sagte Mo.

»Sie werden ihn sonst schlagen«, sagte Raven.

Mo ließ den Kopf sinken, sie wich gehorsam von ihrem Vater zurück, vielleicht war es auch gar nicht ihr Vater, vielleicht war es ein anderer Mann.

»Ich gebe ihm mein Tuch«, sagte sie.

»Gut«, sagte Raven.

Sie löste hastig ihr Halstuch und gab es ihrem Vater in die Hand, er verbeugte sich, und draußen lachten die Soldaten, er sah ungeschickt aus, wie ein steifer, großer Vogel.

»Auf Wiedersehen, Papa«, sagte Mo. Sie zitterte und konnte nicht aufhören, ihn anzusehen. Seine Arme hingen noch steif, nur seine Finger tasteten über das Tuch, dann hob er es ganz langsam hoch, dicht vor seine Augen, es war der Geruch, der ihn unsicher machte, dieser Geruch, der ihn an etwas erinnerte, er preßte das Tuch gegen den Mund, und noch einmal begann die Glocke langsam in ihm zu schlagen.

»Mo«, sagte er fragend, »bist du es, Mo?«

Aber er sah nur die gleichgültigen Gesichter der Soldaten, und er murmelte etwas und wandte sich um und ging langsam zurück, und er dachte daran, daß er das Ding verstecken müsse, gut verstecken, dort, wo es keines dieser fremden Gesichter finden konnte.

Heißa, heißa!

Anna hatte die Mitteilung, sie solle sofort zu Ol kommen, während einer Operation erhalten, es war die dritte des Vormittags, und sie hatte sich schon vorher elend gefühlt. Es war einer jener Vormittage, an denen man meint, alle Welt habe sich gegen die Ärzte verschworen, die Patienten hätten es untereinander abgemacht, gerade in diesen Stunden unbedingt eine Operation zu fordern. Stundenlang, mit ganz kurzen Pausen, hatte sie Ravens Gesicht dicht vor sich gesehen, angespannt, mit hellen, aufmerksamen Augen, und von Zeit zu Zeit hatte sie ihm den Schweiß von Stirn und Wange gewischt. Sie verstand nichts davon, aber man konnte deutlich sehen, welch geschickter Chirurg Raven war, einer von den Männern, die sich nicht schonten, die kein Erbarmen bei den Eingriffen kannten, keine Sekunde der Erschlaffung. Es war, als kämpfe er ganz allein gegen einen persönlichen Feind, belauere ihn, studiere jede seiner Bewegungen. Sie kannte nun schon seine monotonen Erzählungen, er liebte es, bei der Arbeit zu reden, und er erzählte Geschichten, die er selbst vor vielen Jahren als Student im Operationssaal gehört hatte, erzählte von den Streichen, die sie als Studenten ausgeheckt hatten. Einmal hatten sie vereinbart, alle hinkend in den Hörsaal zu kommen, der erste war hereingehinkt, und der Professor hatte es nicht beobachtet, doch dann war eine ganze hinkende Gruppe erschienen, der Professor hatte sie fassungslos angestarrt, hatte umständlich seine Brille geputzt und dann verlegen gemurmelt, er fühle sich heute nicht ganz wohl, er bilde sich tatsächlich ein, heute lauter Hinkende zu sehen.

Sie hatte einfach keine Zeit, nachzudenken. Sie hatte sich vorgenommen, Raven zu beobachten, ständig an seiner Seite zu sein, und das hatte sie auch getan, fast ohne ein Wort zu sprechen, ohne eine Empfindung zu zeigen. Aber irgend etwas stimmte nicht dabei. Sie hatte gehofft, ein Steinchen nach dem anderen zu sammeln, alles Argumente, die gegen Raven sprachen, die ihn verächtlich machten, widerlich, zu einem Subjekt, das es verdiente, ausgelöscht zu werden. Statt dessen war sie vom ersten Augenblick an in seinen Bann gezogen worden, ohne daß er sich darum zu kümmern schien. Es war, als kenne sie ihn schon ewig, seine zynischen Bemerkungen, seine wachen Augen, die Art, wie er sich eine Zigarette anzündete, die Art, wie er sich über andere lustig machte, dann erschienen winzige Falten rund um seine Augen. Seine plötzlichen Fragen, seine Gewohnheit, nur dazustehen und anderen zuzuschauen, seine knappen Anweisungen. Und seine Art, sich zu verwandeln: eben noch über Jenny zu lachen und gleich darauf durch die Krankensäle zu schlendern, ein müßiger Spaziergänger, der jede Einzelheit registriert, der ein paar Worte mit einem Kranken spricht und diesem Kranken damit die Angst aus seinem Gesicht wischt. Und dann seine Anspannung im Operationssaal, seine hingeworfenen Anekdoten, man konnte meinen, es gäbe nichts, was ihn beeindrucken könne, und Leben und Tod seien ihm gleichgültig, und doch war sein Körper gespannt wie die Sehne eines Bogens, und wahrscheinlich vergaß er alles andere, während er sprach und Geschichten erzählte, und es gab nur noch den Patienten und ein paar Instrumente und das gleißende Licht über ihnen.

Er hatte alles andere verdrängt, das bisher für sie wichtig gewesen war. Die Fabrik: Wie hatte sie diese Fabrik bisher ausgefüllt, der Morgen, wenn sie den Pförtner passierten, die lautlosen Roboter, Fred, der Robotermann mit dem frechen Grinsen, das Fließband, die Vögel, die sie in den Pausen gefüttert hatten. Ihre kleinen Gespräche am Abend, die Diskussionen, die Anrufe von Ugo. Gab es ihn noch, diesen Ugo? Mit seinen fahrigen Bewegungen und den Augen, die zu glänzen begannen, wenn er davon sprach, die Feinde des Regimes zu vernichten? Wenn er sich vorstellte, eines Tages werde man ihn als Botschafter zu einem anderen Stern schicken, und dann werde er denen dort oben schon beweisen, daß sie nicht Barbaren seien, wie es immer publiziert wurde, sondern ein gewaltiges, kluges System, gleichwertig allen anderen Systemen im Weltall.

Als Anna Ols Botschaft erhielt, trafen sie einen Herzschlag lang Ravens spöttische Augen, sie wandte sich hastig um und ging hinaus, sie wußte nun, daß die Entscheidung vor ihr lag, es gab keine Ausflüchte mehr. Ol würde einen Bericht verlangen, sachlich, kurz, leidenschaftslos. Er würde nichts wissen wollen von Mo, einem kleinen Mädchen, von den Operationen, von Jenny und dem Seiltänzer. Wichtig war nur noch Raven und der Auftrag, ihn zu töten.

Noch auf der Rolltreppe war sie wie betäubt, seit Tagen hatte sie es gewußt, daß sie nicht die Kraft hätte, Raven zu töten, aber immer hatte sie noch gehofft, ein Wunder würde ihr helfen, aber dieses

Wunder war nicht eingetroffen, und nun ging es darum, ob sie es wäre, die den Befehl ausführte. Sie oder ein anderer.

Sie stieg langsam die Treppen zu Ols Keller hinab, sie fühlte sich müde und kämpfte mit der Versuchung, sich niederzusetzen, auf die Treppe, die schmutzig war, tief Atem zu holen in einer Luft, die nicht modrig war und nicht den Geschmack von Kohlenstaub hatte.

»Na also«, sagte Ol bedächtig, »das hat gedauert.«

»Wir waren mitten in einer Operation«, sagte Anna, »darf ich mich setzen?«

»Natürlich.«

Ol deutete auf einen Stuhl, der seinem Schreibtisch gegenüberstand, sie setzte sich, und sein Gesicht war, wie sie es in Erinnerung hatte, mit den Wangen, die ein wenig herabhingen, und den Augen, die flink auf und ab huschten.

»Scheint ziemlich anstrengend zu sein, was?«

»Das ist keine Kleinigkeit«, sagte Anna heftig, »drei Operationen an einem Vormittag, und nachmittags kommen noch einmal drei zur Operation.«

»Tatsächlich?«

»Ja.«

»Du findest ihn also sympathisch?« fragte Ol, und seine Stimme war ohne Leidenschaft, ein wenig neugierig, so müssen Schlangen Kaninchen befragen.

»Ich weiß nicht«, meinte Anna, »ich kann nichts dafür.«

»Natürlich findest du ihn sympathisch«, sagte Ol, »warum auch nicht? Unsere Feinde tun uns nicht den Gefallen, alle unsympathisch zu sein, das hast du doch gewußt?«

»Ja.«

»Und es war zu erwarten«, sagte Ol bitter, »immer war das so. Diese arroganten Burschen von den Hochschulen. Immer haben sie sich über uns lustig gemacht, wir waren der letzte Dreck für sie, nur weil sie zufällig gelernt hatten, einen Blinddarm herauszuschneiden. Dann waren sie immer ganz von oben herab, und wir waren die armen Schweine.«

»Ich kenne aber Raven genauer«, sagte sie.

»Ach was«, sagte Ol, »alle sind sie so, alle, was Besseres, was? Aber als wir marschiert sind, da haben sie sich in ihre Wohnungen verkrochen, weg waren sie, und wenn wir sie erwischt haben, dann haben sie geheult vor Angst, keine Rede mehr von einem Blinddarm. Und weißt du, was wir sie gefragt haben? Mehr verdienen wollt ihr, nur weil ihr mit einem Messer herumschneiden könnt? Mehr reden, nur weil ihr den feinen Damen ein paar Fettschichten wegschneiden könnt? Das haben wir sie gefragt. Aber die haben es immer verstanden, andere einzuwickeln, haben schon so ihre Art, gescheite Reden zu führen, und am Ende bist du eingewickelt.«

»Das sind keine feinen Damen, die Raven behandelt«, sagte Anna leise, »das sind Arbeiter. Aber das interessiert ihn gar nicht. Er ist Arzt, und er behandelt sie.«

»Arzt«, sagte Ol verächtlich, »wer Arzt ist, das bestimmen wir. Wer gegen unsere Anweisungen ist, der ist ein Dreckskerl, und es ist uns gleich, ob er zufällig Arzt ist. Und wir kontrollieren das ganz genau, verstehst du? Und wir haben von oben das Recht, jedes Jahr ein paar Ärzte auf unsere Liste zu setzen.«

»Und welche Ärzte das sind, das wird gar nicht von oben bestimmt?«

»Ach was«, sagte Ol angewidert, »wie wollen die das bestimmen? Die haben andere Sorgen, höhere Diplomatie, verstehst du? Für die Namen sind wir schon selbst verantwortlich, das kannst du ein paar Kohlenmännern schon noch zutrauen, so viel haben sie schon noch im Kopf, was? Und außerdem haben wir Freunde, sehr gescheite Freunde, die uns dabei helfen.«

»Ich verstehe«, sagte Anna, »so ist das.«

»So ist das«, sagte Ol sachlich, »und Raven ist auf unserer Liste. Und wenn es dich beruhigt, dann haben wir auch gar nicht erwartet, daß du ihn mit so großer Überzeugung tötest, das nicht. Du mußt deine Zweifel haben, verstehst du, dann ist dein Opfer größer, dann kannst du stolz darauf sein.«

»Muß ich ihn töten?« Es war lächerlich, dieses sanfte Gespräch, als unterhalte man sich über einen Film, dieses Geplauder mit gedämpften Stimmen, bei dem es ihr sogar gelang, ihr Zittern zu unterdrücken.

»Ja«, sagte Ol, »du oder drei andere. Alle vier bekommt ihr den Befehl.«

»Und wann?«

»Du hast bis übermorgen Zeit«, sagte Ol, »und du wirst es mit Gift tun. Das fällt in einem Krankenhaus nicht weiter auf. Die Ampulle liegt schon seit gestern in deinem Kasten im Krankenhaus.«

»Gut«, sagte Anna.

»Noch eine Frage?«

»Nein.«

Ol erhob sich und lächelte sie an. »Es war nicht sehr schön von dir, daß du es gleich weitererzählt hast«, sagte er, »und ich werde überlegen müssen, ob ich es melde.«

»Ugo«, sagte sie leise, ihr Kopf war wie Watte, sie konnte nicht denken, nicht denken, alles war wie Watte.

»Vielleicht«, sagte Ol, »es gibt eben immer Leute, die wissen, was sie uns schuldig sind. Einer großen Sache, verstehst du, für die eure Väter gestorben sind.«

Und Ol begann seine Geschichte zu erzählen, vom Sturm der Kohlenmänner, von den großen Feuern, von dem Gemetzel auf Treppen und in dunklen Kellern, auf Bahnhöfen und in den weiten Sälen der Museen, seine Stimme war dunkel und triumphierend, und sie sah wie in einem Nebel die Kolonnen auf sich zumarschieren, lange, schwarze Kolonnen, singend, brüllend, mit geöffneten Mäulern, stolz auf ihre Stärke, ihre Schlauheit, ihre Unmenschlichkeit, und sie hörte den Chor, der ohne Unterlaß schrie: Tötet ihn, tötet ihn, heißa, heißa, tötet ihn!

Roboter als Rebell

Als Anna in das Krankenhaus zurückkam, merkte sie sofort, daß etwas geschehen war. Man konnte es nicht auf einen Blick erkennen, aber die Ordnung des Spitals hatte sich um eine kleine Spur verändert, der Pförtner saß steif in seinem gläsernen Kasten, die Hand dicht an seinen Drucktasten, ein paar Türen zu den Krankensälen standen offen, und man konnte die Patienten sehen, wie sie sich aufgerichtet hatten, miteinander wisperten und hinauslauschten. Ein paar Ärzte standen auf dem Flur, sie sah Raven, der ein wenig abseits stand, eine Zigarette rauchte und aus dem Fenster starrte, und eine Sekunde lang bildete sie sich ein, Fred gesehen zu haben, den Robotermann aus der Fabrik, die Eisenkonstruktion mit dem frechen Grinsen, sie schüttelte ungläubig den Kopf, und Fred war schon wieder verschwunden, sie trat hastig in ihr Zimmer und öffnete die Schranktür. Noch konnte ein Wunder geschehen, doch die Ampulle lag dort, und Ol hatte an alles gedacht, sogar an die winzige Strahlenpistole, wie ein Spielzeug sah sie aus, ein lächerliches, silbriges Ding, Anna überlegte einen Augenblick, dann steckte sie die Pistole in die Manteltasche.

Gerade, als sie die Tür öffnen wollte, noch immer wie betäubt – das winzige Ding in der Tasche war schwer wie Blei, schwer, als sei es ein selbständiges, böses Tier, das in seinem Käfig darauf lauert, auszubrechen, schwer niedergeduckt, bereit, loszuspringen –, kam ihr Jenny entgegen. Eine seltsame Veränderung war mit ihr vorgegangen, ihr sonst so steinernes Gesicht war unruhig, ständig in Bewegung, eine Strähne ihres Haares hatte sich gelöst und hing über ihre Stirn, sie schob sie geistesabwesend zurück, aber die Strähne kam wieder.

»Ist etwas geschehen, Jenny«, fragte Anna.

»Nichts«, sagte Jenny mühsam, »es ist nur, daß man anscheinend alles doppelt erleben muß. Mit meinen Eltern habe ich das gleiche erlebt.«

»Was?«

»Er bringt sich um«, sagte Jenny mühsam, »und kein Mensch kann ihm dabei helfen.«

»Raven?«

»Raven, wer sonst, natürlich Raven.«

»Ist was mit einer Operation?«

»Ach wo«, sagte Jenny, »von Operationen versteht er etwas, aber sonst hat er keine Ahnung. Die stellen ihm eine Falle, und er tappt hinein.«

Draußen hörte man erregte Stimmen und dazwischen Raven, der ohne Leidenschaft sprach und eine Anweisung zu geben schien.

»Da ist wieder ein Seiltänzer«, sagte Jenny wütend, »ein junger Kerl. Jetzt tauchen sie alle auf einmal auf. Er ist nicht einmal dazu gekommen, ein Seil zu spannen, da haben sie ihn auch schon gestellt gehabt, mit komischen Flügeln an den Schultern, er hat mehr wie ein veraltetes Düsenjägermodell ausgesehen, und die Soldaten haben zuerst gelacht und geschrien, man solle ihn den Kindern zum Spielen geben. Aber da war nichts zu lachen, hat er sich doch tatsächlich eingebildet, er könne fliegen und werde damit den Leuten ein Signal geben, und das konnten die Soldaten natürlich nicht dulden, nicht einmal in aller Stille verhaften konnten sie ihn, und da haben sie ihn eben einfach erledigt.«

»Ist er tot?«

»Sie haben ihn hierhergebracht«, sagte Jenny, und ihre Stimme zitterte dabei, »auf einer Tragbahre, bewußtlos, da ist auch nicht mehr viel zu tun, das sieht man, und die haben sich mit der Diagnose Zeit gelassen. Die sind nur ein paarmal um ihn herumgegangen und haben mehr auf seine komischen Flügel geschaut, alles Ärzte, die keine Lust hatten, etwas zu tun, nur ein bißchen Lärm hat es gegeben, und dann haben sie das Elektronengehirn zu Rate gezogen, und jetzt warten sie wieder. Aber dann ist Raven dazugekommen.«

Anna wußte, was nun käme, und sie wußte, daß man Raven dazu gebracht hatte, sein Todesurteil endgültig zu bekräftigen, vor Zeugen noch einmal zu bestätigen, daß Ols Leute nicht irrten, wenn sie einen verurteilten.

»Er hat ihn untersucht«, sagte Jenny, »du hättest die anderen sehen sollen, wie sie ihn angeblickt haben. Niedergekniet ist er, und die Schwestern hat er angebrüllt, und die mußten die Decken von seinem Körper abziehen, und da war eine Menge Blut, und dann hat er mit den Händen zugegriffen, und ich habe den Ekel in ihren Gesichtern gesehen, aber Raven hat das nicht gekümmert. Und dann ist dieser Bursche auch noch aufgewacht und hat gewinselt, viel Stimme hat er ja nicht mehr gehabt, und die anderen sind zurückgewichen, aber Raven war dicht über ihm und hat zugehört, und dann hat er auf ihn eingesprochen, leise und schnell, wie man auf Kinder einspricht. Und dann ist Raven auf einmal aufgesprungen und ist ganz still dagestanden, alle haben gewartet, daß er etwas sagt, aber er stand nur da, und sein Gesicht war rot vor Zorn.«

»Mein Gott«, sagte Anna.

»Und dann hat er geschrien, daß sie keine Ärzte seien, sondern ein elendes Lumpenpack, das einen Mann einfach liegen lasse, jawohl, ein Lumpenpack. Und dann hat er geschrien, er wolle sofort operieren. In der ersten Aufregung haben sie den Mann wirklich in den Operationssaal gebracht. Und jetzt wird er für die Operation hergerichtet.«

Anna sah Jenny an, wie sie ratlos dastand, die Hände verkrampft, wie ihre Lippen zitterten und wie sie von der Panik erfaßt war.

»Du mußt etwas tun«, sagte sie heftig.

»Da ist nichts zu tun«, erwiderte Jenny tonlos.

Und langsam spürte Anna, wie sie ruhig wurde, wie sie sich in Sekunden verwandelte, nichts war nun in ihr von dem Mädchen, das Vögel gefüttert hatte, nichts von dem Kind, das zitternd vor Erwartung bei den Hinrichtungen gestanden hatte, sie wußte jetzt genau, was sie zu tun hatte.

»Kannst du Mo in Sicherheit bringen?« fragte sie.

Jenny antwortete nicht und sah starr an ihr vorbei.

»Ob du Mo in Sicherheit bringen kannst?«

»Ich weiß nicht«, sagte Jenny, »nichts weiß ich.«

»Versuch es«, sagte Anna heftig, »ich werde mit Raven sprechen.«

»Gut«, meinte Jenny, »aber es hat keinen Sinn. Mit meinem Vater war es genauso.«

»Mit deinem Vater, mit deinem Vater!« Sie faßte Jenny so heftig am Arm, daß diese aufschrie. »Es geht jetzt nicht um deinen Vater, dein Vater ist tot, hörst du? Jetzt geht es um Raven.«

»Ich weiß«, sagte Jenny leise.

Anna riß die Tür auf und blickte in das lächelnde Gesicht eines jungen Soldaten.

»Warum so eilig, Kleine?« fragte er.

»Laß mich in Ruhe«, sagte sie heftig, und der Soldat wich erschrokken zurück.

Raven stand noch immer allein beim Fenster und blies den Rauch seiner Zigarette gegen die Fensterscheibe.

»Laß dich lieber nicht mit mir sehen«, sagte er ruhig.

»Ich habe noch etwas zu erledigen«, sagte sie.

Er lächelte plötzlich.

»Ach so«, sagte er, »das hätte ich fast vergessen. Ich bin kein Held, weißt du, und mir macht es keinen Spaß, an den Tod zu denken. Es macht mir nicht einmal Spaß, mutig zu sein.«

»Ich soll dich töten«, sagte sie, »und wir haben nicht mehr viel Zeit.«

»Manchmal habe ich über den Tod nachgedacht«, sagte Raven, »und ich habe mir vorgestellt, wie es sein wird, wenn ich sterbe. Alles mögliche habe ich mir ausgedacht. Einen ganz ruhigen, harmlosen Tod. Oder einen ganz dramatischen. Aber das hier ist eigentlich lächerlich, was? Auf einem Korridor. Und der Wagen, auf den man die Leiche legen wird, steht nur ein paar Meter entfernt.«

»Hast du Angst?«

»Natürlich habe ich Angst«, sagte Raven müde. »Aber das einzige, was ich noch machen kann, ist, daß ich es denen da drüben nicht zeige. Die besetzen schon meinen Posten. Und ich muß eben dastehen und tun, als ginge mich alles nichts an.«

»Ich habe eine Pistole«, sagte sie, »du kannst die Pistole haben. Vielleicht kannst du dich erschießen.«

»Ich habe kein Talent zum Revolverhelden«, sagte er, »ich fände den Abzugshahn nicht.«

»Ich werde dich nicht töten«, sagte sie leise.

»Das ist gut«, sagte er, »das ist das Beste, das ich seit langem gehört habe.«

»Aber die anderen werden es tun.«

»Ja«, sagte er, »natürlich werden es die anderen tun. Aber nicht du. Du bist gegen sie. Du weigerst dich. Und das ist was, verstehst du? Die leben davon, daß man alles tut, was sie sagen, ohne zu denken, ohne was zu fühlen. Und wenn einer gegen sie ist, bringen sie ihn um. Zuerst bin ich es. Aber dann kommst schon du. Und dann noch ein paar. Und wenn es genug sind, dann werden die eines Tages gestürzt.«

Er schwieg und zündete sich eine neue Zigarette an. Vor den Fenstern hielten ein paar Fahrzeuge mit Soldaten.

»Schade«, sagte er. »Was ist schade?«

»Daß wir das nicht mehr erleben werden zum Beispiel. Oder daß wir uns nicht unter anderen Umständen getroffen haben.«

»Ja«, sagte sie leise.

»Vielleicht ist es besser, wenn du mich tötest«, sagte er, »es könnte dich retten. Du könntest glücklich werden mit deinem Ugo, und viele Kinder bekommen.«

»Er hat mich verraten«, sagte sie, »alle haben mich verraten.«

»Sie haben eben nicht genug Mut«, erklärte Raven, »und ich bin froh, daß ich jetzt nicht mehr allzuviel Mut brauche. Ich kann nicht mehr heraus. Ich bin nur noch eine Figur in ihrem Spiel, die man neben das Schachbrett stellt.«

»Ja«, sagte sie.

»Komisch, was, daß gerade du mich töten solltest?«

»Warum komisch?« fragte sie. »Sie hätten jede andere nehmen können. Ich war genauso dumm wie die anderen, das gleiche Gesicht, die gleiche Frisur, und ich habe ganz fest an das geglaubt, was ich gelernt habe. Daß man das Recht hat, einen anderen auszulöschen, wenn man nur den Befehl dazu bekommt. Man trägt keine Verantwortung dabei. Die haben die anderen.«

»Vergiß es«, sagte Raven, »bis sich die da drüben entschieden haben, könnten wir ein Spiel spielen.«

»Was für ein Spiel?«

»Wenn wir in der Schule eine Arbeit zu schreiben hatten«, sagte Raven heiter, »eine Arbeit, vor der wir Angst hatten, dann haben wir uns in den Stunden vorher eingeredet, es gäbe diese Arbeit gar nicht. Wir haben uns einfach vorgestellt, die Arbeit fiele aus und wir machten einen Ausflug. Also machen wir einen Ausflug.«

»Wohin?« fragte sie kläglich.

»Wie wäre es mit einem Berg?« fragte er. »Mit einem ganz hohen Berg. Wir sind ihn hochgestiegen, immer höher, über uns sind nur noch die Wolken. Und jetzt schauen wir hinunter. Ein Dorf liegt da unten, und ein paar Kühe sind auf der Weide.«

»Ja«, sagte sie leise, »jetzt sehe ich die Kühe.«

»Na also, weißt du, daß Kühe glückliche Tiere sind?«

»Nein«, sagte Anna.

»Doch. Sie fressen Gras, den ganzen Tag grünes, saftiges Gras. Hast du schon einmal Gras gesehen?«

»Nein«, sagte sie.

»Ich auch nicht. Aber ich stelle es mir herrlich vor.«

»Ich auch«, sagte sie.

»Und im Dorf steht eine Kirche. So eine mit einem spitzen Dach.«

»Ich hatte ein Bilderbuch mit so einer Kirche.«

Drüben ging die Tür zum Operationssaal auf, ein paar Ärzte und ein paar Soldaten drängten sich um den Oberarzt.

»Es geht los«, sagte Raven, »wenn du schießen willst, dann ist es deine letzte Gelegenheit.«

»Nein«, sagte sie.

»Komisch«, meinte er, »aber ich habe Durst.«

Er lächelte sie an und dachte flüchtig, daß sie ein hübsches Mädchen sei, und Anna sah, wie die Angst in seine Augen kam.

»Vielleicht geben mir die was zu trinken«, sagte er, dann wandte er sich ab und ging auf die Gruppe der Ärzte zu.

»Alles für die Operation fertig?« fragte er.

»Du kannst hineingehen«, sagte der Oberarzt scharf.

Anna sah, wie sich die Tür hinter ihm wieder schloß und wie der Oberarzt mit dem Führer der Soldaten verhandelte, ein paar Roboter standen untätig auf dem Korridor, über dem Ausgang tickte eine Uhr, der Sekundenzeiger rückte langsam vorwärts, ein wenig später kam Jenny aus dem Zimmer und verschwand in der Richtung zu den Krankensälen. Ihr Gesicht war nun wieder unbewegt und ihr Haar gekämmt, die Soldaten bildeten einen Halbkreis und hatten die rechten Hände lässig gegen den Lauf der Strahlengewehre gelegt, vom ersten Saal her klingelte eine Glocke schrill nach einer Schwester, auf der Straße vor dem Fenster standen noch ein paar Neugierige, von den Soldatenfahrzeugen angelockt, und wahrscheinlich zogen bereits die Gerüchte ihre Kreise: Schon wieder war ein Seiltänzer aufgetaucht, merkwürdig, diese Seiltänzer, jahrelang hatte man nichts von ihnen gehört, und nun tauchten sie auf einmal auf, Selbstmörder, die auf Seilen tanzen wollten, ohne diese Kunst zu beherrschen, und sogar fliegen wollten sie, und einer aus der Menge hatte gehört, in Vienna 3 solle es ganze Seiltänzergruppen geben, alles junge Burschen, und das Regime fürchte diese Seiltänzer, und ein zweiter hatte gehört, in Vienna 3 würden nachts verbotene Lieder gesungen, vergangene Lieder, an deren Melodien man sich dunkel erinnerte, lalala, aber die Texte waren längst vergessen. Und in den Ruinen war wieder der lahme Gaul aufgetaucht, ein schlimmes Zeichen, denn ein lahmer Gaul sei so bedeutsam wie das große Zebra, vielleicht gäbe es wieder Krieg mit einem Planeten, dann würde hier unten das Licht erlöschen, und man brächte die Soldaten mit den Lifts nach Vienna 1, mutige, unruhige Soldaten, aber auch solche, die Angst hatten und in den Lifts wild um sich schlugen. Wenn dies zu häufig vorkam, dieses Zeichen der Feigheit, dann wurden von oben Strafexpeditionen geschickt, freundliche Männer, die öffentlich Strafgericht hielten. Niemals griffen sie selbst ein, sie redeten nur, waren mitreißende Redner, wurden bald nicht mehr verstanden, weil das Volk wie verrückt heißa brüllte, und dann machte das Volk schon selbst Ordnung, ganze Häuserblöcke meldeten sich freiwillig zum Henkersdienst, und in den Höfen dieser Häuser wurde Gericht gehalten.

Der Sekundenzeiger drehte sich gemächlich vorwärts, die Soldaten tratschten halblaut über ihre alltäglichen Dinge, die ganze Truppe sollte bald Urlaub bekommen, und dann würde sie eine Nacht lang durch die Lokale der Stadt marschieren, in Zweierreihen, aber gut gelaunt. Das Programm war genau organisiert, für alle Truppenteile gleich, meist hatte eine Männertruppe und eine Frauentruppe gleichzeitig Urlaub, und sie gingen miteinander tanzen, später noch zu einem humorvollen Vortrag, und am Morgen meldeten sie sich freiwillig zum Streifendienst bei den Rolltreppen, gingen paarweise und scherzten bei den Kontrollen.

Es war dieser nervöse Zeiger, der sie verrückt machte, Anna konnte diesen Zeiger nicht aus den Augen lassen, und es war, als sei dieser Zeiger in ihr, rücke vorwärts und bringe sie mit jedem Ruck ein wenig ihrem Ende näher. Sie wußte nicht, ob es tatsächlich ihr Ende wäre, man wußte es nie bei diesen Männern. Es konnte sein, daß man sie in ein Arbeitslager schickte, vielleicht auch nach Vienna 3, ebensogut aber konnte man sie auch hinrichten, sie wehrte sich dagegen, das zu glauben, weil sie meinte, unsterblich zu sein, sie war zu jung, um an ihren Tod zu glauben, obwohl sie diesen Tod oft genug mitangesehen hatte. Es war verrückt gewesen, diesen Befehl nicht auszuführen, und sie erschrak noch immer bei dem Gedanken daran, daß sie es gewagt hatte, aber sie hatte nicht die Kraft dazu gehabt, sie hatte nicht daran geglaubt, und das mußten die doch einsehen. Oder sie sähen es nicht ein, man nähme sie lächelnd mit und sperrte sie in eine Zelle, oder man brächte sie in den Zoo. Zack, rückte der Zeiger ein wenig vorwärts, zack, zack.

Sie sah Raven nicht gleich, sie sah ihn erst, als sich die Tür hinter ihm schloß, mit einem wattigen, kaum hörbaren Geräusch, er wischte mit den Händen über seine Lippen und suchte dann nach Zigaretten in seiner Tasche.

»Er ist tot, meine Herren«, sagte er laut. »Er ist tot, und vielleicht könnt ihr diese Diagnose dann mit dem Ergebnis des Elektronengehirns vergleichen. Vielleicht sagt euch dieses Gehirn etwas anderes.«

Die Ärzte waren einen Schritt zurückgewichen, er stand jetzt nur dem Oberarzt und dem Wachkommandanten gegenüber.

»Sehr schön, sehr schön«, sagte der Oberarzt bedächtig, »es ist schade, daß du etwas überreizt bist. Du hast dir einen Schluck verdient. Wir sind alle ein wenig überdreht. So was greift das Herz an.«

»Danke«, sagte Raven. Er nahm den Becher und sah ihn nachdenklich an, er zögerte ein wenig, und sein Blick ging über die gleichmütigen Mienen der Soldaten, traf den des Oberarztes, der ihn neugierig anstarrte, und sah den Kommandanten an.

»Prosit«, sagte Raven.

Anna versuchte zu schreien, aber sie brachte keinen Ton heraus, sie hatte nicht den Mut dazu und nicht die Kraft. Als kleines Mädchen hatte sie davon geträumt, mutig zu sein, ganz allein einem Rudel böser Fabeltiere gegenüberzustehen, oder sie hatte sich vorgestellt, vor ihren Augen würde ihre Mutter bedroht, schon war sie verloren, da sprang Anna dazwischen, und die Angreifer wichen zurück, doch jetzt war alles anders, es war ein Unterschied, jemand zu töten und darauf zu hoffen, man werde ihr schon verzeihen, oder ihn zu warnen, sich auf seine Seite zu stellen, ihm den Trinkbecher aus der Hand zu schlagen.

»Prosit«, sagte jemand mit einer Stimme, die blechern und doch belustigt klang, »du kannst ruhig trinken, die wollen dich nur bluffen. Die haben andere Methoden, dich zu töten. Und die lachen nur über dich, wenn du meinst, du tränkest in großer Pose aus einem Giftbecher und machtest dich bereit, großartig zu sterben, und nach ein paar Minuten merkst du, daß du ein paar harmlose Pillen bekommen hast, und dein herrlicher Tod ist wieder ein Stück aufgeschoben.«

Er trat langsam vor, Fred, der Robotermann, und das unverschämte Grinsen lag wieder auf seinem Gesicht. Raven ließ den Becher sinken.

»Danke, Freund«, sagte er.

»Kein Ursache«, sagte Fred, »ich wollte nur beweisen, daß Roboter manchmal eine sehr nützliche Erfindung sind. Die haben schon allerhand erlebt, die kleinen Hampelmänner da, aber jetzt erleben sie zum ersten Male einen Roboter, der ihnen in die Suppe spuckt. Einen, der es satt hat, nach ihrer Pfeife zu tanzen.«

Es war sehr still auf dem Korridor, und man konnte deutlich die Panik spüren, die sie alle ergriffen hatte, eine Panik, die vielerlei Ursachen hatte, die ungeheuerlich war, die sie erzittern ließ und ratlos machte. Niemand von ihnen hatte jemals solche Worte gehört, offene Rebellion, einen Angriff auf den Staat, einen Eingriff in seine Befugnisse. Vielleicht, daß sie irgendeinmal etwas flüstern gehört hatten, eine gewisperte Bemerkung, ein verstohlenes und doch geringschätziges Lächeln. Mehr nicht. Nichts Offenes gegen diesen Staat mit seiner Riesenstadt Vienna 1, Glanzpunkt des Kontinents, Treffpunkt aller Militärparaden, Silhouette der Wolkenkratzer, Zentrum der Westostdiktatur, seinen Ruinenfeldern, den Freiluftmuseen versunkener und vernichteter Kulturen, nichts gegen das Netz der unterirdischen Städte, gegen den Unterteil der Wolkenkratzer, die Maulwurfshöhlen der Atombunker, gegen die Riesenstatuen und die menschlichen Tiergärten, gegen die Gefängnisse und Schauhinrichtungen, nichts gegen ein System, das keinen einzelnen Diktator hatte, sondern Millionen Diktatoren zugleich, in jedem Haus, in jeder Wohnung, in jedem neonbeleuchteten Hinterhof, ein Röhrensystem der hygienischen Unterdrückung, das von ihnen selbst gewartet und kontrolliert wurde.

Und es war das erste Mal, daß sich ein Roboter erhob, ein stählerner Untermensch, geschaffen, um dem Menschen zu dienen, ihm die Schuhe zu reinigen und seine Lasten zu schleppen, Kranke in den Schlaf zu wiegen, lautlos durch Korridore zu rollen, Maschinen zu überwachen, in abgedunkelten Parkanlagen Liebespärchen Lieder vorzusingen, in bestrahlten Ringen Faustkämpfe aufzuführen, es war ein uraltes Gesetz, daß diese Roboter nicht die Kraft zum Widerspruch haben durften, auch dann nicht, wenn sie menschlich aussahen und fast menschlich zu empfinden schienen, sie hatten gleichbleibend zu lächeln, ob man sie nun demütigte oder lobte.

Die Soldaten hatten noch immer die Hände an den Strahlengewehren, ein Befehl genügte, um den Korridor in eine Feuerhalle zu verwandeln, in einen Vorhang von Feuer und Rauch, so rasch und sicher gelegt, daß man nichts sehen konnte außer dem Gleißen der Flammen und es darin nichts mehr zu hören gab: kein Wimmern, kein Brüllen, nur später sähe man an den Wänden Schatten, wo einst Menschen gestanden hatten, geisterhafte Konturen von Menschen, die in Sekunden verschwunden waren.

»Damit kein Mißverständnis entsteht«, sagte Fred verständnisvoll, »und weil ich nicht leiden kann, daß meine Mitmenschen sinnlos in die Luft fliegen, möchte ich euch noch mitteilen, daß ich nicht einfach bloß aus Stahl bin, das wäre zu einfach für euch, ihr würdet mich schmelzen, und ihr hättet euren Spaß daran. Aber unglückseligerweise bin ich mit Atomsprengköpfen versehen, mein ganzes Innenleben besteht aus diesen Dingen, und wenn ihr auf die Idee kommen solltet, mich anzurühren, dann werdet ihr ein nettes, kleines Feuerwerk erleben.«

»Das ist Revolution«, sagte der Wachkommandant mühsam, »das

ist offene Revolution.«

»Stimmt«, sagte Fred vergnügt, »soweit mir eure Begriffe vertraut sind.«

»Gratuliere«, sagte Raven laut.

»Danke«, sagte Fred, »und um noch mehr Mißverständnisse zu beseitigen: Wenn aus diesem Spital in der nächsten halben Stunde auch nur ein Signal hinausgeht, werdet ihr in die Luft fliegen. Ich habe mir erlaubt, ein paar Vorkehrungen zu treffen, und ich bin in diesen Dingen außerordentlich geschickt.«

»Davon bin ich überzeugt«, sagte der Wachkommandant. Er war jetzt ganz sicher, daß die Revolution begonnen hatte, eine blutige, fürchterliche Revolution, und er war als erster mit ihr zusammengestoßen. Er war unfähig, sich dagegen zu wehren, und man hielte sich an ihm schadlos, man würde ihn vor ein Gericht stellen, aber er hatte keine Chance, hier etwas zu unternehmen, nicht die Spur einer Chance.

»Ich werde Raven mitnehmen«, sagte Fred, »nicht, weil er für uns so unbedingt wichtig ist, aber weil es für euch eine Niederlage ist, die ihr nicht so leicht verschmerzen werdet. Und ihr könnt sicher sein, daß es nicht die einzige Niederlage bleiben wird.«

»Wir werden ihn schon bekommen«, sagte der Kommandant, alle seine Gedanken konzentrierten sich jetzt auf Raven. Ihn mußte er bekommen, ihn mußte er jagen mit allen seinen Mitteln, bis er tot vor ihm lag, geschunden, zerstückelt, zu Asche verbrannt.

»Schon möglich«, sagte Fred, »ich gebe zu, daß er wenig Chancen hat. Aber wir werden es versuchen.«

»Danke«, sagte Raven.

»Willst du jemand mitnehmen?«

»Anna«, sagte Raven, »komm her, Anna.«

»Hallo, Anna«, sagte Fred, »ich hatte so eine Ahnung, daß wir uns wiedersehen würden. Ich habe eine Schwäche für Mädchen, die Anna heißen.«

»Fred«, sagte sie leise, und sie merkte, wie schwach ihre Beine waren, »ich hätte nie gedacht, daß du . . .«

»Noch was?« fragte Fred.

»Jenny«, sagte Raven, »und Mo.«

»Die sind leider schon fort«, sagte Fred, »ich hoffe, daß sie durchkommen. Gehen wir?«

»Gehen wir«, sagte Raven.

Fred deckte ihnen den Rücken, als sie das Spital verließen. Draußen schien ein helles, freundliches Licht vom Himmel. Aber in einer halben Stunde wären Armeen hinter ihnen her, an allen Häuserwänden würden ihre Fotos prangen, würden riesenhaft projiziert werden, man würde die stählernen Hunde einsetzen und die Henker ausschwärmen lassen. Sie waren allein gegen diese Stadt: Raven, Anna und Fred, der Robotermann.

Flucht in den Norden

Sie erreichten den Norden, ohne angehalten zu werden, sie sprachen nicht miteinander, aber jeder von ihnen wartete auf das Aufjaulen der Sirenen, auf die Soldaten, auf das metallische Klicken der Gittertore vor den Ausgängen, es konnte sein, daß sich der Mechanismus noch nicht in Bewegung gesetzt hatte, ebensogut aber konnten sie schon hundert Augenpaare beobachten, die Frau hinter ihnen konnte eine Agentin sein, das Hochzeitspaar vor dem Riesendenkmal konnte sie belauern, und man wartete nur darauf, daß sie Verbindung mit ein paar Helfern aufnahmen. Oder man ließ sie einfach laufen, wie die Spinne ihr Opfer laufen läßt in der Gewißheit, es werde sich immer nur weiter in die klebrigen Fäden verwickeln.

Raven hatte dieses Spiel in Gedanken oft getrieben, bei der Nachtwache, im Halbschlaf, ohne jemals ernstlich daran zu glauben, er könne in diese Lage kommen. Er hatte darüber nachgedacht, wo er sich hinwenden könne, wenn man hinter ihm her war. Es gab tausende Möglichkeiten, aber sie lösten sich auf, wenn man länger darüber grübelte. Es war, als wolle man einen Gegenstand in einem geschlossenen Raum verstecken, und man weiß, in wenigen Minuten werden die Späher hier sein. Man wählt ein raffiniertes Versteck, man hebt das Bein eines schweren Kastens hoch und schiebt den flachen Gegenstand darunter, aber dann beginnt man zu zweifeln, und der Gedanke erscheint einem lächerlich: Werden die Späher nicht augenblicklich auf den Kasten zugehen, weil sie dieses Versteck unzählige Male vorher studiert haben? Und schon sucht man nach einem neuen Versteck, hebt eine Matratze hoch, läßt sie wieder fallen, das ist zu einfach, viel zu einfach, und die Zeit vergeht, man reißt fieberhaft Türen auf und schließt sie wieder, man könnte eine Schnur nehmen und das Ding aus dem Fenster hängen, aber diese Späher sind schlau, und einer von ihnen wird sofort auf das Fenster zugehen und sich hinausbeugen und die Schnur sehen. Man nimmt einen Stuhl und betrachtet den Beleuchtungskörper von oben, aber da ist kein Halt, und selbst, wenn es einen gäbe, von unten ist der Gegenstand völlig sichtbar. Und dann sind die Schritte schon auf der Treppe, und man steht da und kann sich nicht rühren. Es ist wie im Traum, und man steht da, nur da, und dann treten sie lächelnd ins Zimmer, und man hat das Ding in der Hand, und sie kommen auf dich zu, grinsend, sie behandeln dich nachsichtig wie ein kleines Kind und nehmen den Gegenstand vorsichtig an sich, nicht einmal festhalten kannst du ihn, du hast keine Kraft, deine Finger sind weich, und es ist, als sei kein Blut mehr in ihnen. Und dann denkst du nur noch daran, ob sie dich schlagen werden, du siehst zuerst ihre Stiefel, dann ihre kräftigen Arme, du wagst es erst ganz langsam, sie anzusehen, ihre Augen, du darfst sie nicht erschrecken, nicht herausfordern. Dann hast du endlich ihre Augen, und du fühlst dich erleichtert: Einer, der dich ansieht, wird dich nicht schlagen, einer, der eine Brille auf hat oder einen roten Pickel auf der Nase, doch du vergißt, daß hinter dir einer steht, und der stößt dir einen Gewehrkolben ins Kreuz, nicht stark, ein einfacher Stoß, um dir zu sagen, er sei noch hier, und ein glühender Schmerz fährt durch deinen Körper, du fällst vor, und du siehst wieder die Stiefel, und der Mann mit der Brille kann jetzt zutreten, ohne dich anzusehen, und er macht es achtlos, aber genau, wie man eine leere Konservendose zur Seite tritt, und der Mann mit dem Pickel auf der Nase zieht angewidert ein Bein zurück, denn du bist auf seine Stiefelspitze gerollt, und jetzt tritt auch er zu, es ist ein Spiel, das lautlos vor sich geht, bis du schreist, das ärgert sie, sie können das nicht leiden, es beleidigt sie, und sie treten jetzt stärker und schlagen mit den Gewehrkolben, du machst jetzt den Boden dreckig mit deinem Blut, und du wimmerst und schreist, und dann versinkst du in einer Nacht, die schwarz ist und nur durch dumpfe Stöße unterbrochen wird, die noch immer deinen Körper treffen, ein warmes Bündel, und du mußt darüber nachdenken, ob dieses Bündel noch mit dir etwas zu tun hat.

Sie passierten den großen Platz, auf dem sich das Denkmal erhob, sie waren jetzt Spaziergänger, die es nicht eilig haben, es kostete einige Überwindung, so langsam zu gehen, den Sockel zu betrachten, stehenzubleiben, um eine der Bräute anzusehen, die ständig in Bewegung war und vor Nervosität pausenlos redete. Sie hatten sich getrennt, Fred ging ein Stück voraus, die Begleitung eines Roboters wäre zu auffällig gewesen, Anna war dicht neben Raven, sie wirkten wie ein Liebespaar, das die Erlaubnis bekommen hatte, allein zu sein und den Platz zu besuchen, an dem sie heiraten würden. Anna bewegte sich wie eine Puppe, und man konnte nicht erkennen, was in ihrem Kopf vorging, vielleicht dachte sie darüber nach, daß sie noch eine winzige Chance hatte, sie zu verraten, stehenzubleiben und zu schreien, hier seien die Verräter, Hilfe, hier sind sie. Vielleicht auch hatte sie noch nicht ganz begriffen, daß der Tod schon hinter ihr her war. Aber wahrscheinlich kannte sie alle die Geschichten von Flüchtlingen: Sie hatten versucht, sich in einem der Wohntürme zu verkriechen, in einer von zwei Millionen Wohnungen, und dort still zu halten. Aber da waren noch die Mitbewohner, zuerst sagten sie zu, den Flüchtling zu verstecken, sie kannten ihn gut, immer waren sie Freunde gewesen, sie hatten zusammen gegessen und lange Gespräche miteinander geführt. Doch dann kam die Angst in die Wohnung. Bei dem Sirenengeheul, das man periodisch ertönen ließ, überall in der Stadt, aber in der Wohnung mußte man meinen, die Häscher seien schon ganz nahe. Und man lauschte hinaus auf die Straße, auf die Tritte der Soldaten. Man starrte in den Fernsehapparat und sah einer Hinrichtung zu, es gab viele Filme über Hinrichtungen, und dort wurde ganz zuletzt ein Flüchtling getötet, man zog ihn, an Händen und Füßen gebunden, hinter einem Panzerwagen über das Pflaster. Aber zuerst wurden jene gerichtet, die ihn versteckt hatten, kleine, ängstliche Frauen, die starr wie Puppen dem Henker entgegengingen, und Männer, die brüllten, sie hätten es nie gewollt, die Frau sei schuld, nur diese Frau.

Und dann wieder das Schweigen in der Wohnung, das Ticken einer Uhr, die verstohlenen Blicke, die einander trafen, das rastlose Aufundabgehen, dann plötzlich eine hysterische Stimme, sagt doch etwas, mein Gott, seid ihr denn alle stumm? Und dann das Mißtrauen, wenn einer den Raum verließ, er ging nur eben kurz hinaus, aber man lauschte auf seine Schritte, nein, er würde sie nicht verraten, aber er blieb schon zu lange fort, ewig lange, man riß eine Tür auf, und man suchte ihn, und dann sah man ihn und atmete auf, blickte verlegen zu Boden.

Es war selten die Armee, die Flüchtlinge aufspürte. Es waren die Männer, die heimlich mit einer Nachricht zum nächsten Revier kamen. Die Nachbarn, die Schritte aus der Nachbarwohnung hörten, unruhige, hastige Schritte. Es waren die alten Frauen, die an Wänden lauschten, stundenlang, nach einem Knacken, nach einem halblauten Wort. Die an der Wohnungstür des Nachbarn klingelten, eintraten und ihre Augen durch die Räume huschen ließen, starr und aufmerksam, und dabei immer weiterredeten, belanglose Worte, wie es den Kindern gehe, und die Augen flatterten, und die Ohren lechzten nach einem verräterischen Geräusch. Es waren die Kinder, die Steckbriefe bei sich trugen und jedem Passanten ins Gesicht sahen, frech und ungescheut, und die plötzlich aufschrien, wir haben ihn, wir haben ihn, und es war ein helles, freudiges Jauchzen. Oder aber es gab keine Sirenenlaute, keine Kontrollen bei den Rolltreppen, keine Verlautbarungen im Fernsehen, man konnte meinen, der Flüchtling sei vergessen worden, es habe ihn nie gegeben, und am Anfang war er glücklich darüber, saß versteckt und wartete, doch nichts geschah, es war eine Verschwörung des Schweigens, fast beleidigend, und er hatte viel Zeit, nachzudenken. Und irgendeinmal packte ihn der Gedanke, man habe ihn verschont und sich dafür an seinen Leuten schadlos gehalten, vielleicht hatte man seine Frau gefoltert oder seine Kinder kreuzigen lassen. Es war unsinnig, sein Versteck aufzugeben, aber er hielt es nicht mehr aus, er mußte sich mit ihnen in Verbindung setzen, mit aller Vorsicht natürlich, und er schlich aus dem Hause, zu seiner Wohnung, und dort standen ein paar Leute, die ihn nachdenklich ansahen, aber sie unternahmen nichts, sie lächelten nur, und langsam wußte er, es war etwas Schreckliches geschehen, von dem er nichts wußte, schrecklicher als alles, was er sich ausdenken konnte, er war jetzt rasend vor Angst und Ungewißheit, er konnte es nicht aushalten, und mitten auf der Straße begann er zu schreien, nehmt mich, tötet mich, nur diese Ungewißheit muß ein Ende haben, und er fühlte sich jetzt leichter, und sie führten ihn ab, sie hatten Zeit, sie fragten ihn, ob er ganz sicher sei, der Gesuchte zu sein, noch könne er es überlegen, und ein schlechter Scherz würde nicht gleich den Kopf kosten. Oder sie glaubten ihm nicht, was er auch sagte, sie lachten darüber, sie boten ihm Zigaretten an und waren verrückt vor Fröhlichkeit, klatschten mit ihren dicken Händen gegen die Schenkel, wieherten über ihn, bis er anfing, in seinem Anzug nach einem Ausweispapier zu suchen, er konnte es nicht gleich finden, der Schweiß rann ihm über das Gesicht, endlich hatte er es und hielt es ihnen unter die Nase, da habt ihr es, jetzt merkt ihr, daß ich es bin, sie wollten das Papier gar nicht sehen und sagten, sie hätten anderes zu tun, morgen solle er wiederkommen, und mancher Flüchtling kniete vor ihnen nieder, die Menschenmenge sammelte sich, stand stumm um ihn im Kreis, und alle Augen sahen ihn an, spöttisch, verächtlich, voll Abscheu, bis sie ihn mitnahmen, und er weinte dabei vor Freude und Scham.

Die Straßen wurden jetzt stiller, nur zur Zeit der Schichtwechsel in den Fabriken war hier Betrieb, sie erreichten das erste von den stillgelegten Gebäuden, ein rostiges Drahtgitter hing vor dem Eingang, und auf die lange, grau gewordene Mauer hatte jemand gepinselt: »Es lebe die Revolution«. Es war eine von jenen langen Mauern, vor denen man die Frauen zusammengetrieben hatte, die sich weigerten, ihre Kinder in die Heime zu schicken, wahllos hatte man ein paar aus den Häusern geholt, dreitausend vielleicht, man hatte sie sehr schnell durch die Stadt getrieben, immer im Trab, und sie hatten die Kinder hinter sich hergezogen, Kinder, die das Laufen zuerst vergnüglich fanden, aber bald müde wurden und greinten, und schließlich fielen ein paar zu Boden, wurden mit Mühe wieder hochgezerrt, denn weiter hinten hörte man bereits die heiseren Geräusche der stählernen Hunde, halb Sirenenton und halb blechernes Bellen. Dann endlich standen sie bei der Mauer, zitternd und atemlos, sie hätten gern etwas gesagt, das Ereignis mit den anderen besprochen, aber ihr Atem ging kurz und keuchend, und da waren schon die Hunde, und diesmal gab es kein langes, feierliches Strafgericht, sondern nur die Demütigung durch diese flachen, eisernen Tiere, die kaum größer waren als Nähmaschinen. Sie stürzten sich zwischen die Frauen, vom Publikum her sah das lächerlich aus, wie sie vorwärtsstürmten und die Frauen kreischten – so mußten alberne Mädchen kreischen, wenn eine Maus zwischen ihre Beine lief –, und die Hunde versprühten eine stinkende Flüssigkeit, die nicht einmal so sehr unangenehm roch, eher süßlich und schwer, nur auf die Dauer konnte man diesen Duft nicht ertragen, er schien die Nasen zu verkleben, er machte schwindlig und war nicht wegzuwaschen, zu Hause nicht, wenn man stundenlang unter dem Dampf stand, und nicht mit Seife und nicht mit Parfümen, er klebte fest, tagelang, wochenlang, man konnte die Wohnung nicht verlassen, weil sich die Menschen angeekelt nach diesem Duft umwandten, es war, als habe man die Pest, den stinkenden Aussatz, und die Männer kamen nicht mehr nach Hause, weil sie fürchteten, diesen Geruch anzunehmen und mit in die Fabrik zu tragen. Es gibt nichts Furchtbareres für eine Frau, als ausgestoßen zu sein und den Duft von Aussatz am Körper zu haben.

»Fred«, sagte Raven laut, »bleib stehen, Fred.«

Fred blieb gehorsam stehen, so gehorsam, wie es Roboter gelernt hatten.

»Langsamer«, sagte Raven, »sonst fällt uns Anna noch um.«

»Es sind nur die Beine«, sagte Anna keuchend, »nur die Beine, es geht gleich weiter.«

»Ziemlich unsichere Gegend«, sagte Fred starr, »jede Minute, die wir verlieren, hetzt uns ein paar hundert Verfolger mehr auf den Hals.«

Links und rechts wurden die Ruinen sichtbar, Trümmer lagen über der Straße, Gemäuer von alten Bauten, wertlosen Bauten, die früher Fabriken oder Arbeitersiedlungen gewesen waren, mit Blumen auf den Fensterbrettern und Balkonen, auf denen Liegestühle in der Sonne gestanden hatten. Im Winter lag dort unberührter Schnee.

»Da hinein«, sagte Fred, »da sind wir wenigstens von oben nicht zu sehen.«

Sie stolperten hinein in das Trümmerfeld, mußten über Trichter springen und manchmal ein paar Schritte umkehren, wenn eine zu hohe Mauer den Weg versperrte.

»Vermutlich werden sie uns hier zuerst suchen«, sagte Raven.

Fred lächelte. »Das glaube ich nicht. Die trauen uns so viel Intelligenz zu, daß wir versuchen, in belebten Vierteln unterzukriechen. Jeder Flüchtling würde zuerst hierher kommen. Uns trauen sie das nicht zu.«

»Hoffentlich«, sagte Raven.

»Außerdem ist da ein ganz schwaches Loch in ihrer Organisation«, sagte Fred, »geradezu komisch, daß ihnen so etwas passieren kann. Da oben im Denkmal haben sie eine Anlage, ein ziemlich kompliziertes Ding, das jedes Lebewesen im Umkreis anzeigt. Der Nachteil ist, daß es zuviel anzeigt. Ich habe es durch Zufall herausgefunden.«

»Und was zeigt es an?«

»Ratten«, sagte Fred, »ganz einfach Ratten. Unten, in Vienna 3, wollten sie die Ratten nicht bekämpfen. Daß man gleich den Unterschied zu hier oben bemerkt. Aber die Ratten haben Wege gefunden, um heraufzukommen. Und jetzt zeigt ihr Kontrollschirm alle Arten von Ratten an. Sogar tote.«

»Scheußlich«, sagte Anna angewidert.

Fred lachte spöttisch. »Auf diese Art werden einem sogar Ratten sympathisch. Und wenn du einmal auf der Flucht bist, wirst du ihnen immer ähnlicher. Jedes Loch ist dir recht, um dich darin zu verkriechen.«

Der Himmel über ihnen war hier grau und schmutzig, als habe sich ein gewaltiger Schwarm von Fledermäusen vor die Sonne geschoben, es roch nach Staub und Moder, die zerstörten Häuser bildeten einen Halbkreis, einen engen Hof, mit Schutt vollgestopft. Es war ein Anblick und ein Geruch, den man hassen mußte, wenn man aus einer hygienischen Stadt kam, gleichzeitig aber wurden viele Erinnerungen wach, sehr unklar und sehr unbestimmt, Gedanken an Kinder, die in einem Lichthof spielten und Zeichnungen an die Wände kritzelten, der Geruch von Speisen aus den Fenstern, Gedanken an Krähen, die hungrig in der Wintersonne hockten.

»Und was weiter?« fragte Raven.

»Wir leben«, antwortete Fred, »und das ist sehr viel.«

»Ein paar Stunden.«

»Vielleicht. Aber in ein paar Stunden kann man eine Menge unternehmen.«

»Was zum Beispiel?«

»Daliegen und nachdenken zum Beispiel. Über die anderen lachen. Nur lachen. Nachdenken, warum es so weit mit uns gekommen ist.«

»Sehr tröstlich«, sagte Raven.

»In dieser Siedlung sind ziemlich viele Männer erschossen worden«, sagte Fred, »und man durfte sie natürlich nicht begraben. Da haben sich ein paar gefunden, die haben einfach Kränze aufgelegt. Überall dort, wo einer gestorben ist, einen Kranz aus künstlichen Blumen.«

»Die man sofort entfernt hat«, sagte Raven.

»Man hat sie wieder hingelegt. Immer wieder.«

»Ich verstehe«, sagte Raven, »und es macht mir auch nichts aus. Es ist nur wegen Anna.«

»Natürlich macht es dir was aus«, sagte Fred, »und natürlich willst du nicht sterben, wer will das schon? Du, Anna?«

»Nein«, sagte sie zitternd, »und ich will auch nicht daran denken.«

»Doch«, sagte Fred, »wir müssen wissen, was auf uns wartet. Die haben bestimmt die ganze Stadt auf die Beine gebracht. Zuerst marschieren Ols Kohlenmänner, die haben gute Nasen, und die brennen darauf, auf die Jagd zu gehen. Sind schon alte Männer darunter, aber ihr Heißa zischen sie noch immer ganz prächtig. Die werden die Keller durchstöbern. Und inzwischen wird das Gerücht durch die ganze Stadt gelaufen sein, so was läßt sich auch bei denen nicht verheimlichen, überall wird man erzählen, daß ein Roboter wild geworden ist, ein Scheusal natürlich, ein Ungeheuer, und eine Frau ist bei ihm und ein Mann. Das ist genau das Richtige für die Fabrikarbeiter. Ich wette, heute werden ein paar ganz harmlose Roboter daran glauben müssen. Man wird sie bis auf das letzte Zahnrad auseinandernehmen.«

»Nur weiter«, sagte Raven, »das ist noch lange nicht alles.«

»Inzwischen hat man sich unsere Bilder verschafft, und man projiziert sie an alle Häuserwände. Schön, zu wissen, daß man auf einmal riesengroß von einer Wand herunterschaut. Ich hätte Lust, mir das anzusehen.«

»Die Schulkinder werden uns ansehen«, sagte Anna, »du vergißt die Schulkinder.«

»Ach ja«, sagte Fred und stieß mit einem Bein einen Steinbrocken zur Seite, »die Schulkinder. Die gehen nach Hause und laufen durch alle Räume der Wohnung und schauen nach, ob wir nicht irgendwo versteckt sind. Inzwischen streift die freiwillige Garde durch die Häuser.«

»Ugo«, sagte Anna.

»Die haben ihren Spaß dabei. Es ist ein Riesenspaß, man donnert an die Türen, und die drinnen werden blaß und starren einander an und überlegen, was sie verbrochen haben. Und dann öffnen sie, und die Burschen gehen grinsend durch die Wohnung, heben Bettdecken hoch, treiben ihre Scherze, nehmen Frauenkleider und schütteln sie, sogar in die Konservendosen schauen sie und schütteln sich dabei vor Lachen. Aber wir dürfen die Soldaten nicht vergessen, die riegeln die Bahnen ab, die Bahnhöfe, die Rolltreppen, die schalten auf den Rolltreppen die Signale ein, und auf den Übergängen wird es bald taghell, überall Scheinwerfer, und bei den Lifts aufwärts wird die Wachmannschaft verdoppelt.«

»Zigarette?« fragte Raven.

»Und dieser Spaß funktioniert und vereinigt sich«, sagte Fred unbeirrt, »strömt auf den Straßen zusammen, alle sind sie jetzt da, die Scheinwerfer und die Hunde, die Panzer und die Radaranlagen, die Kohlenmänner, die Gasmänner, die jungen Mädchen aus den Fabriken, die Kinder, die ein Lied singen, die Garden mit ihren Koppeln, die Soldaten, dann tauchen die Fahnen auf, dann werden die Lieder lauter, dann hört man das Bellen der Eisenhunde, und dann marschieren sie alle auf unsere Bilder an den Häuserwänden zu, und man hört nur noch ihr heißa, heißa, heißa.«

»Hör auf, Fred«, bat Anna entsetzt.

»Ich bin schon am Ende«, sagte Fred.

Sie schwiegen. Im Gemäuer war es still, nur manchmal hörte man verlorene Geräusche, das Fallen eines Wassertropfens, das Rieseln von Kalk, das Huschen eines unsichtbaren Tieres, aber es klang, als müsse es bald stärker werden und als ob auch bald diese tote Siedlung wieder heißa schrie.

»Und was macht deine Organisation?« fragte Raven.

»Erfunden«, sagte Fred, »alles erfunden. Es gibt keine Organisation, die hätten sie längst zerschlagen. Es gibt mich und dich und Anna und noch ein paar Leute, die nicht mehr mittun wollen, das ist alles; Menschen, die nicht mitschuldig werden wollen, und da müssen sie irgend etwas tun, sich wehren, immer in der Hoffnung, eines Tages werden sich andere anschließen.«

»Und das ist alles?« fragte Raven.

»Ja.«

»Gut«, versetzte Raven, »dann haben wir unseren Teil ja getan. Und wir können uns in aller Ruhe niederlegen und nachdenken, so lange, bis man uns findet. Dadurch haben wir unseren Kranz schon bekommen. Vielleicht liegt dort, wo wir sterben, schon ein Kranz bereit.«

»Ich kann euch hinunterbringen«, sagte Fred, »es gibt einen Einstieg in einen alten Kanal, ein vermauertes Flußbett. In Vienna 3 macht man sogar Ausflüge dorthin. Man kann den Fluß sehen. An einem Ausflugsort wird man euch nicht gleich suchen.«

»Sehr schön«, sagte Raven.

»Ich kann nicht«, klagte Anna leise, »ich kann es nicht. Ich bringe es nicht fertig, wenn alle hinter mir her sind. Ich halte den Gedanken nicht aus, daß mein Bild an den Häuserwänden ist und man die Kinder hinführt. Die Mädchen aus der Fabrik und aus dem Heim werden kommen und mein Bild anstarren. Ich habe Angst.«

»Ich auch«, meinte Fred grinsend, »aber was kann man dagegen tun?«

»Du«, grollte Anna, »wovor brauchst du Angst zu haben? Dir kann nichts geschehen. Man nimmt dich auseinander, und du bist wieder ein Haufen Schrott, nicht mehr. Was kann dir das schon ausmachen?«

»Das ist wahr«, sagte Fred und sah sie nachdenklich an, »daran habe ich noch nicht gedacht. Was kann einem Haufen Schrott schon geschehen?«

»Entschuldige«, sagte Anna leise.

Fred grinste. »Schon gut, man soll nicht gleich so empfindlich sein.«

»Kommst du mit«, fragte Raven, »in deinen netten Ausflugskanal?«

»Nein«, sagte Fred, »ihr könnt den Weg nicht verfehlen. Ihr geht so lange, bis ihr zu einem Gasthaus kommt. Es ist ein ganz altes, windschiefes Gasthaus mit einer Terrasse. Die Leute sitzen dort und schauen hinaus auf den Fluß. Dort weiß man Bescheid über euch.«

»Und du?«

Fred war schon wieder einen Schritt voraus, er ging gebückt, und erst jetzt sah Raven, daß er ein Bein etwas nachzog.

»Was ist mit deinem Bein?« fragte er laut.
»Ein Konstruktionsfehler, was sonst?«
»Und warum kommst du nicht mit?«
»Ach was«, sagte Fred, »da ist auch noch Jenny. Und ein kleines Mädchen. Ihr denkt doch an nichts anderes, was, aber keiner will darüber reden, als ob Reden etwas änderte. Eine ganze Stadt ist hinter ihnen her.«
»Und du glaubst, daß du ihnen helfen kannst?«
»Ich glaube immer an Wunder«, erwiderte Fred, »davon lebe ich. Das hält meinen Schrotthaufen zusammen.«
Sie standen ganz plötzlich vor dem Einstieg, einem verrosteten Deckel, den man hochheben konnte, er schepperte ein wenig, als ihn Fred beiseite schob, ein paar braune Sprossen aus Eisen wurden sichtbar, und es roch nach fauligem Wasser.
»Da hinunter«, erklärte Fred. »Im Gasthaus wird man euch weiterhelfen. Ihr werdet schon durchkommen. Und wenn ihr einer Streife begegnet, geht ihr entgegen. Bleibt nicht stehen. Ihr müßt mit ihnen reden. Erzählt ihnen irgend etwas. Nur reden müßt ihr.«
»Gut«, sagte Raven.
»Kann sein, daß wir uns nicht mehr treffen«, sagte Fred, »dann viel Glück, Raven.«
»Danke.«
»Viel Glück, Anna.«
»Danke, Fred«, sagte sie, »ich werde an dich denken.«
Fred lächelte. »Nicht nötig.«
Anna stieg zuerst die Sprossen hinunter, es war kalt, und das Eisen war naß und glitschig. Es waren nur ein paar Sprossen, dann erreichte man einen betonierten Weg, der schmal neben einem dunklen Wasser entlanglief.
Oben hob Fred den Deckel hoch.
»Wenn wir uns noch einmal sehen, werde ich mir dein Bein anschauen«, sagte Raven.
Der Deckel wurde geschlossen. Über dem Wasser lagen weiße, milchige Nebel.

Die Fänger im Spiegel

Vielleicht war dieser Fluß einmal ein munterer Bach gewesen, einer, der zwischen würdigen alten Bäumen dahinhüpft wie ein ungebärdiger, junger Ziegenbock, murmelnd und wispernd, der unter hölzernen Brücken fließt, und nur im Herbst, wenn der Regen kommt, wird er mächtig, brüstet sich, überschwemmt Wiesen und will in kleine Dorfstraßen eindringen, doch später wird er wieder friedlich, Jungen mit nackten Beinen stehen am Ufer, halten die Zehen ins Wasser, und ärgerliche Mütter schreien, sie sollten sich die Hosen nicht naß machen; Fische sind darin, harmlose, kleine Dinge, die neugierig zu den Angeln schwimmen und den Köder beäugen. Aber jetzt hatte man ihn in ein steinernes Grab gebettet, ein niedriges, feuchtes Gewölbe um ihn gebaut, und das gab ihm etwas Abstoßendes und Trauriges zugleich. Vielleicht war er auch nie ein Bach gewesen, bloß eines dieser trägen Rinnsale, die vom Öl blau, grün und schwarz verfärbt werden, die an Fabriken vorbeifließen, schwarze Kähne schaukeln sich entlang endlosen Mauern, und in den Städten stehen diese Flüsse still, reglos wie schmutziges Eis schauen sie aus, man könnte darauf umherlaufen, aber man ekelt sich, es ist, als habe sich eine gewaltige Staubwolke auf das Wasser gesenkt, fingerdick liegt dieser Staub, und es gibt längst keine Fische mehr, nur manchmal kann man ein altes, verrostetes Eisengestell aus den Fluten angeln.

Man hörte ihn kaum, diesen Fluß zwischen den Steinen, man hörte nur den Widerhall ihrer Schritte. Weit vorn mußten die Restaurants liegen, beide hatten sie davon gehört, der Fluß floß dort zwischen gläsernen Wänden, und von den Terrassen aus wurde er beleuchtet. Liebesleute mit Erlaubnisscheinen saßen dort und beobachteten das Wasser, Schulklassen veranstalteten Tagesausflüge, um einmal fließendes Wasser zu sehen.

»Komisch, daß sie den Gang nicht bewachen«, sagte Anna.

»Jedes System hat Löcher«, sagte Raven unruhig, »und eines dieser Löcher ist, daß sie diesen Einstieg nicht kennen. Das kommt vor.«

»Ich weiß nicht«, meinte Anna.

»Wir haben keine andere Möglichkeit«, erklärte Raven. Sie mußten nun hintereinander gehen, so eng war der Pfad, nur manchmal öffnete sich auf der Seite eine Nische, in der man Scheinwerfer aufbewahrte.

»Und wenn es eine Falle ist?« fragte Anna.

»Du meinst, Fred gehöre zu ihnen?«

»Ich weiß nicht«, sagte sie, »aber es ist das erste Mal, daß ein Roboter gegen sie auftritt, es ist das erste Mal.«

»Das ist ja das Verfluchte«, wütete Raven, »daß man dieses Mißtrauen nicht los wird. Eben erst hat er uns herausgeholt, eben erst haben wir gemeint, er sei der einzige, der noch auf unserer Seite ist. Aber dann beginnen wir schon wieder zu überlegen, ob er nicht doch zu ihnen gehört. Vielleicht gehört er zu ihrem Spiel, vielleicht soll das alles für uns noch ein wenig länger dauern.«

»Sie müßten diesen Gang bewachen«, sagte Anna leise, »sie müßten es einfach tun.« Und dabei gingen sie unentwegt weiter, und ihre Schritte hallten durch den Gang, eine ganze Stunde oder zwei, Anna taumelte manchmal, dann streckte Raven seine Hand aus, um sie zu stützen, und er sah, daß ihr Gesicht weiß war.

»Woran denkst du?« fragte Raven.

»Ich denke nicht«, erwiderte sie, »wenn man zu denken anfängt, wird es noch schlimmer. Dann möchte man in dieses Wasser springen, und alles wäre vorbei.

»Es ist Nebel«, stellte Raven fest, »wir haben noch niemals Nebel gesehen.«

»Wenn es Nebel ist«, sagte Anna, »vielleicht sind es einfach Scheinwerfer. Ich kann nicht mehr hinsehen, immer glaube ich, daß es Tiere sind, die neben uns herlaufen. Oder Soldaten, eine getarnte Armee von Soldaten, sie marschieren die ganze Zeit neben uns her, jedes Wort verstehen sie, sie müssen sich totlachen über uns, aber sie haben Befehl, keinen Laut von sich zu geben, und so marschieren sie einfach neben uns her.«

»Im Wasser?« fragte Raven.

»Vielleicht ist da kein Wasser«, sagte Anna. Sie blieb plötzlich stehen und streckte den Kopf vor.

»Horch, horch. Das sind doch Soldaten.«

Das Wasser schlug sehr langsam gegen die steinernen Mauern, und darüber floß ebenso langsam der Nebel, und es war noch ein Geräusch da, sehr fern, eine gedämpfte Sirene oder ein Nebelhorn, und einmal klang es, als habe jemand zögernd gegen eine Trommel geschlagen.

»Es ist nichts«, meinte Raven.

»Doch«, sagte sie hastig, »doch, ich höre es ganz deutlich. Wir dürfen nicht weiter. Wir verkriechen uns in eine der Nischen.«

»Anna«, sagte Raven, »Anna.«

Er spürte ihre Fingernägel auf seiner Hand und merkte, daß sie am Ende war, vor ein paar Tagen noch ein kleines, gedankenloses Mädchen in einer Fabrik, blond, mit einem Vogel, den sie füttern konnte, und jetzt nur noch ein zitterndes Bündel Angst.

»Wir verkriechen uns in einer Nische«, flüsterte sie, »hörst du? Wir machen uns ganz klein, vielleicht finden sie uns da nicht, nur reden dürfen wir nicht, und wir werden auch nicht frieren, ganz eng sitzen wir nebeneinander, und dann werden sie vorbeimarschieren.«

»Wir müssen weiter«, sagte Raven hart, »du mußt dich zusammennehmen.«

Sie hörte ihn nicht.

»Oder ich töte dich«, flüsterte sie, »ich habe noch den Revolver. Ich schieße dich nieder und lasse dich hier liegen, und dann laufe ich zurück, immer zurück, nur den Aufstieg muß ich finden, sonst laufe ich immer weiter und komme nie wieder heraus aus diesem Gewölbe, und dann lege ich mich ins Bett, und alles war ein Traum, sie werden mir nichts tun, und ich werde es vergessen, ich werde vergessen, daß du hier unten liegst. Vielleicht verschluckt dich der Nebel, oder die Soldaten nehmen dich mit, und du bist verschwunden, einfach verschwunden.«

Er ließ sie los und stieß sie gegen die Wand.

»Weiter«, sagte er heftig, »geh sofort weiter.«

Er sah ihre angsterfüllten Augen, immer hatte sie gelernt, zu gehorchen, und sie gehorchte auch jetzt, auch wenn ihre Beine schwer waren, sie vergaß ein wenig ihre Angst, senkte den Kopf, sie ging jetzt sehr gebückt, aber sie ging vorwärts.

»Verzeih«, bat sie ihn einmal.

»Schon gut«, meinte er.

»Auch das, was ich von Fred gesagt habe.«

»Ich habe nichts gehört.«

Und dann tauchte das Gasthaus aus der Dunkelheit, nur von einer einzigen Lampe erleuchtet, ein alter Bau – wer mochte wohl einst die Idee gehabt haben, dieses Haus hierher an den Strom zu bauen, schmalbrüstig und mit einem Turm darauf –, die Terrasse war leer, nur ein paar hochgekippte Stühle standen dort.

»Wenn das unsere Falle ist«, stellte Raven fest, »dann schnappt sie jetzt zu.«

»Ja«, sagte Anna.

»Man wartet darauf, daß ein Hund anschlägt, was?«

»Ja.«

»Willst du noch eine Zigarette rauchen?«

»Ich möchte, daß wir es hinter uns bringen.«

»Gut.«

Sie überquerten die Terrasse, gingen an den gekippten Stühlen vorbei, es roch ein wenig nach Nässe, und man hörte Wasser zu Boden tropfen, ein aufgeweichtes Plastikdach hing an einer Stahlstange, mit einem schmutzigen Muster aus Sonnen und Wiesen darauf gepinselt, die Eingangstür stand halb offen. Der Raum, den sie betraten, war leer und warm, so warm, daß sie Mühe hatten, etwas zu sehen; diese Wärme sprang ihnen ins Gesicht und ließ Anna taumeln. Sie sahen eine riesige Glasfront auf der anderen Seite, dort mußte auch der Fluß liegen, und einen breitschultrigen Mann, der ihnen entgegenlächelte. Es war ein alter Mann mit einem furchigen, etwas einfältigen Gesicht, er trug eine Schürze über dem Bauch, und das ließ ihn aussehen wie ein Überbleibsel aus einer anderen Welt.

»Ziemlich anstrengender Weg hierher?« fragte der Mann, eigentlich war es keine Frage, nur eine Feststellung, er erhob sich, und sie sahen, daß er sehr klein war.

»Ich bin Bert«, erklärte er, »wenn ihr mich so nennen wollt.«

»Fred hat uns geschickt«, sagte Raven.

»Fred«, meinte Bert, »so, so, Fred, ich kenne viele, die so heißen, macht auch gar nichts, Hauptsache, ihr seid hier, wo es doch ein ziemlich anstrengender Weg ist hierher.«

Er sah Anna besorgt an und rückte ihr einen Stuhl zurecht.

»Setz dich«, sagte er, »setz dich und mach die Augen zu. Das geht schnell vorbei.«

»Danke«, sagte Anna.

»Ich werde euch was zu essen machen«, sagte Bert geschäftig, »viel ist ja nicht da, keine Automaten, meine ich, aber ich kann was kochen, ich bin ein ziemlich guter Koch, nur was Einfaches, aber das hilft euch auf die Beine.«

Anna hatte sich auf den Stuhl fallen lassen und die Augen geschlossen, es war merkwürdig mit dieser Wärme, man konnte einschlafen dabei und Berts Stimme hören, die halblaut weiterklang, und man fühlte sich dabei wie in den alten Geschichten von Häusern, die mitten im Schneetreiben liegen, draußen fällt der Schnee, und man hört nur die leisen Geräusche eines Ofens.

»Es kommen nicht viele Touristen her um diese Zeit«, sagte Bert, »eigentlich gar keine. Die wollen den langen Weg nicht und auch nicht den Nebel draußen. Man muß an den Nebel gewöhnt sein.«

»Und Streifen?« fragte Raven.

»Manchmal«, sagte Bert, und sein Gesicht blieb unbewegt freundlich, »manchmal kommen sie schon her. Die Frau ist müde, was?«

»Es war zuviel für sie«, sagte Raven.

»Ihr bleibt die Nacht hier, was?« fragte Bert. »Wir sind nicht darauf eingerichtet, aber es ist schon vorgekommen. Ihr könnt hier sitzen bleiben, und ich kann euch das Licht zum Wasser einschalten, manchmal mache ich das auch, wenn ich allein bin. Ist schon vorgekommen, daß einer da die ganze Nacht gesessen ist und hat mir Geschichten erzählt. Und einmal war es ein altes Ehepaar, die konnten nicht mehr laufen, die sind dagesessen, und ob du es glaubst oder nicht, die haben die ganze Nacht kein Wort gesprochen, und ganz zeitig am Morgen sind sie wieder fort, so alte Leute, die kaum mehr laufen konnten.«

»Und wo sind sie hin?«

»Was weiß ich? Da kam einer vorbei, eine alte Kundschaft von mir, und der hat ihnen den Weg gezeigt.«

»Kommt der morgen auch?«

»Kann schon sein«, sagte Bert, »ich werde euch was zum Essen machen, jetzt. Und was zum Trinken.«

»Das ist gut.«

»Dann schalte ich das Licht ein, draußen. Vielleicht könnt ihr euch hinübersetzen.«

»Ist gut, danke.«

Sie setzten sich an einen der großen Tische in der Nähe des Fensters, draußen flammte ein Scheinwerfer auf, nicht sehr stark, aber stark genug, um sich eine Straße durch den Nebel zu bahnen, und sie sahen jetzt den Fluß, Wasser mit leichten Wellen, man konnte sich vorstellen, daß es drüben ein Ufer gab und ein Dorf. In der Küche hörten sie Bert mit Töpfen hantieren, und Fett begann zu prasseln.

»Eier«, stellte Raven fest, »der schlägt jetzt Eier in die Pfanne.«

Er hörte Anna lachen.

»Du siehst aus, als hättest du gerade was gewonnen.«

»Vielleicht hat er auch Schinken«, sagte Raven.

»Jetzt sitzen wir da und reden über Eier und Schinken«, meinte Anna.

Bert kam zurück und stellte ihnen Gläser auf den Tisch, große Trinkgläser, gefüllt mit einer weißlichen Flüssigkeit.

»Es ist nichts anderes da«, entschuldigte er sich, »aber das trinke ich selber manchmal.«

»Trink mit uns«, bat Raven.

»Später«, sagte Bert, »es wird eine lange Nacht werden.«

»Hast du Angst, mit uns gesehen zu werden?«

»Es ist wegen des Specks«, sagte Bert, »den ich draußen habe.«

»Speck«, rief Raven, »und da stehst du noch und redest.«

Bert verschwand grinsend wieder in der Küche, sie nahmen die Gläser und tranken, und die Flüssigkeit rann heiß in ihre Körper.

»Warum machen wir das eigentlich?« fragte Anna. »Weißt du es?«

»Was?«

»Das alles. Daß die eisernen Hunde hinter uns her sind. Daß uns die Soldaten suchen. Daß wir uns hier verkriechen, und dann werden sie uns doch schnappen.«

»Die sind durch uns groß geworden«, sagte Raven, »weil keiner was getan hat. Wir haben den Weltraum durchforscht, haben mit Laser gearbeitet und erreicht, daß die Menschen hundert Jahre alt werden. Aber das ist uns über den Kopf gewachsen. Jeder hat einen elektrischen Zaun um sich selbst gelegt und war zufrieden damit, daß er allein war. Inzwischen sind die groß geworden, am Anfang nur im Kleinen, aber niemand hat ihnen widersprochen. Und dann haben sie die ersten Lager gebaut, und alle haben wir getan, als gingen uns die Lager nichts an. Und sie haben Menschen umgebracht, aber wir haben gesagt, es geschieht ihnen ganz recht, warum sind sie auch Untermenschen, solche aus Vienna 3. Und dann waren unsere Väter und Mütter dabei, wir wußten, daß sie nichts getan hatten, aber wir sagten, irgend etwas werden sie schon getan haben. Und wenn sie einen hingerichtet haben, haben wir Beifall geklatscht. Nicht einmal mehr gefragt haben wir, was sie getan haben.«

»Ich bin oft dabeigewesen«, sagte Anna.

»Und?«

»Nichts und.«

»Eben«, sagte Raven. »Zum ersten Male tun wir etwas. Wir haben sie in Unruhe versetzt. Wir zeigen ihnen, daß wir uns wehren.«

»Ist das was Besonderes?« fragte Anna müde.

»Nein«, erwiderte Raven, »aber ich habe mich geweigert, ein kleines Mädchen zu töten. Und du hast dich gewehrt, mich zu töten. Zweimal haben sie ›tötet ihn‹ gesagt, und zweimal haben sie keine Antwort bekommen. Zwei haben nicht mehr mitgeschrien.«

»Ich verstehe es nicht«, flüsterte Anna.

»Was?«

»Daß gerade ich es bin.«

Sie tranken wieder und spürten die Wärme in den Gläsern.

»Wenn nicht«, sagte Raven, »hättest du Ugo geheiratet. Am Tag zuvor wärt ihr zu dem Denkmal gegangen, ein paarmal wärt ihr rundherum gegangen, Arm in Arm, und das Denkmal wäre sehr groß gewesen, und ihr hättet den anderen Paaren zugesehen, und vielleicht hätte sogar Mos Vater aus dem Zoofenster geschaut. Und am nächsten Tag hättet ihr eure Urkunden bekommen, und der Fotograf hätte Aufnahmen gemacht, und die ganze Zeit hättest du gewußt, daß Ugo dich verraten hat. Und jeden Tag und jede Nacht hättest du denken müssen, vielleicht verrät er dich noch einmal. Oder ihr habt Kinder, und die machen eine Puppe, ein Stück Stoff, das sie bemalen, und Ugo läuft zur Polizei und meldet es. Und sie nehmen dir die Kinder fort, und vielleicht hast du ihnen sogar bei der Puppe geholfen, und dann stellen sie dich auf die Straße und schlagen dich und spucken dich an.«

»Warum kann ich nicht wie früher sein?« fragte sie leise.

»Du hast zu denken begonnen, das ist es. Und du hast Mitleid.«

»Was bist du eigentlich für ein Mensch, Raven?«

Er lächelte und trank wieder.

»Da drinnen ist ein Stück Erde, im Glas spürt man ein Stück von der Erde. Das möchte ich spüren, wenn ich will. Und meine Hände möchte ich bewegen können, wie es mir paßt. Und wenn ich traurig bin, möchte ich traurig sein. Ich möchte weinen, wenn mir danach zumute ist. Und ich möchte lachen, wenn es mir paßt. Ich möchte durch die Straßen gehen, ohne ein Batteriegerät in der Tasche zu tragen. Ich möchte sagen, was mir einfällt, ohne daß ich vorher darüber nachdenken muß, wer mir gegenübersitzt. Ich will nicht, daß man nachher Berichte darüber schreibt, worin steht, ich sei sentimental oder impulsiv oder ich hätte geflucht oder kritisiert. Ich möchte einem hübschen Mädchen sagen dürfen, daß es hübsch ist, ohne mir vorher eine Bewilligung einholen zu müssen.«

»Sagst du das oft?«

»Was?«

»Einem Mädchen, daß es hübsch ist?«

»Immer, ich habe nichts anderes zu tun, als das ständig zu sagen. Außer, wenn es nach Speck riecht.«

»Du bist gemein.«

»Ich möchte auch gemein sein. Wenn sie eine Prozession von

Führerbildern vorbeitragen, tausend, zehntausend herrliche Führerbilder, dann möchte ich aufstehen können und rufen: Es riecht nach Speck, ich habe Hunger.«

»Das wäre ein Grund für ein Todesurteil«, sagte Anna, »wenn Ol dabeisteht. Du kennst Ol nicht.«

»Ich kenne genug von der Sorte«, erklärte Raven. »Sie wittern die Gefahr wie die Bluthunde. Wenn du ein Buch liest, haben sie schon den Verdacht, das Buch könne ihnen schaden. Wenn du lächelst, denken sie, du lachst über sie. Wenn du weinst, meinen sie, du wolltest ihnen zeigen, daß mit ihrem Regime was nicht in Ordnung sei. Und zur Vorsicht verbrennen sie die Bücher, und am liebsten würden sie auch dein Lächeln und dein Weinen verbrennen.«

Als Bert ihnen die Teller brachte, Teller, von deren Anblick sich Raven nicht losreißen konnte, sah er zufrieden aus.

»Fast wie früher«, sagte er.

Er blieb neben ihnen stehen und sah ihnen zu, wie sie das Essen gierig in sich hineinschlangen, er schob Anna das Brot zurecht und schenkte ihr Glas wieder voll, und mit jedem Bissen, den sie aß, sah er glücklicher aus.

»Es ist fast wie früher«, sagte er, »früher, da sind viele Leute hierhergekommen. Bevor sie den Fluß verbaut haben, da war ich auch noch mit dem Boot draußen, und es gab frischen Fisch, die Fische haben wir selbst gefangen.«

»Mit der Angel?«fragte Anna.

»Hoho«, lachte Bert, »mit der Angel, mit Netzen natürlich, waren ganz schön schwer, diese Netze. Man sieht es mir gar nicht an, daß ich früher mal ein guter Fischer war, was?«

»Doch«, sagte Anna kauend, »das sieht man von weitem.«

Bert begann zu strahlen. »Und ein guter Koch war ich auch.«

»Du bist der beste Koch, dem ich je begegnet bin«, sagte Raven.

»Morgen werde ich euch ein erstklassiges Frühstück kochen«, sagte Bert, »ihr werdet schon sehen. Hoffentlich friert euch nicht, die Nacht ist manchmal kalt hier unten. Ich trinke noch einen, bevor ich verschwinde.«

Er goß sich ein Glas voll.

»Trink«, sagte Raven, »du bester aller Fischer und bester aller Köche.«

Sie sahen ihm zu, wie er mit großen Schlucken trank, den Kopf zurückgelegt, den Hals gebläht. Er blinzelte zufrieden, als er den Tisch abräumte, er nahm einfach das Tischtuch und trug es vor sich her in die Küche, eine Weile hörten sie ihn noch draußen rumoren, dann polterte er eine Treppe hoch.

»Er hat den Scheinwerfer brennen lassen«, stellte Raven fest.

»Ein Licht unter der Erde und ein Fluß unter der Erde«, sagte Anna, »komisch, was?«

»Nicht sehr«, sagte Raven, »wenn du den Fluß hinunterfährst, immer weiter, dann kommst du in eine Stadt. Warst du schon dort?«

»Nein.«

»Das war einmal eine Stadt. Mit Kirchen und Schlössern und Hochhäusern, mit Straßen, Autos, Glashäusern und Lifts, aber auch mit alten Häusern, wo die Kinder in den Höfen spielten. Mit Frauen, die auf den Straßen spazieren gingen und Einkäufe machten. Jetzt sind dort nur Trümmer, schwarze Trümmer, die haben sie stehen gelassen. Und dahinter Betonbunker, einer neben dem anderen. Und Fabriken. Und Gefangenenlager.«

»Das ist nicht wahr«, sagte Anna, »du denkst dir das nur aus. Es ist eine bunte Stadt mit hellen Häusern, und die Sonne scheint darauf. Und die Frauen haben bunte Kleider. Ich wollte immer so ein Kleid haben.«

»Ich kauf dir eines«, sagte Raven, »wie soll es sein? Mit Blumen?«

»Vielleicht.«

»Oder mit Papageien. Rote, blaue, gelbe Papageien.«

»Ist das nicht verrückt?«

»Ach was«, sagte er, »und dann brauchst du noch einen Hut.«

»Wozu?«

»Weil man eben einen Hut braucht«, meinte Raven, »und wegen der Sonne.«

»Ach so«, sagte sie schläfrig.

»Oder ein Kopftuch, auch mit Papageien drauf.«

»Ich hab' vergessen, wie Papageien aussehen«, murmelte sie.

»Ich hab' es gerade gesagt, rot, grün oder blau oder alles auf einmal.«

»Das gibt es nicht.«

»Doch«, sagte er, »warum soll es das nicht geben?«

Raven sah sie zuerst im Spiegel der großen Glaswand, er sah zwei Bilder zugleich, draußen den Strom, nur ein kleines Stück Strom, die Wellen, den Nebel darüber. Man konnte sich vorstellen, daß es kein Nebel war, sondern ein riesengroßer, weißer Fisch, der behaglich auf und ab schwamm, aber mitten in diesem Nebel standen Soldaten, die

Strahlenpistolen in der Hand.

Er wandte sich sehr langsam um und sah, daß Anna die Augen geschlossen hatte. Es waren vierzig oder fünfzig Soldaten, ein Zivilist unter ihnen, ein dicklicher Mann mit Hängebacken.

»Was ist mit den Papageien?« murmelte Anna.

»Manchmal fliegen sie in Schwärmen«, sagte Raven leise, »die Luft ist voll von ihnen, einmal rot und einmal blau, das wechselt, und alle singen.«

»Wie singen sie?« fragte Anna.

»Es ist ein hoher, angenehmer Ton, wie von kleinen Glocken.«

»Ich hab' sie über dem Wasser gehört«, sagte Anna schlaftrunken, »und ich dachte, es wäre eine Sirene. Aber es waren Papageien.«

»Du mußt jetzt ganz mutig sein.«

»Ich habe keine Angst mehr«, sagte Anna, »jetzt nicht mehr.«

»Sie sind hier«, sagte Raven, »sie stehen hinter mir und hören mir zu, die ganze Meute.«

Anna öffnete langsam die Augen, und in der Glaswand sah sie Ols Gesicht, die Gesichter der Soldaten daneben, junge, neugierige Gesichter. Sie erschrak nicht, sie wendete sich nur ab und sah Raven an.

»Ich hab' es jetzt begriffen«, sagte sie.

»Was?« fragte er.

»Alles. Es war die schönste Geschichte, die ich je gehört habe, die mit den Papageien.«

»Du wirst noch ganz andere Geschichten zu hören bekommen«, sagte Ol laut.

»Ich weiß«, sagte Anna lächelnd.

»Es hat keine Stunde gedauert, und wir hatten eure Spur«, sagte Ol zufrieden. »Und wir konnten draußen jedes Wort hören. Über Lautsprecher sogar. Jeder hatte eure Unterhaltung in seinen Kopfhörern.«

»Dann habt ihr euch wenigstens nicht gelangweilt«, sagte Raven.

Sie kamen jetzt auf ihn zu, er konnte sich nicht mehr erheben, aber er konnte den Haß spüren, und er sah ihn auf Ols Gesicht, sie schlugen ihn so heftig ins Gesicht, daß er mit seinem Stuhl hintenüber kippte und die Gläser mit sich riß. Gute, brave Gläser dachte er, dann lag er am Boden und spürte ihre Beine in seinem Leib, stählerne, glühende Beine, und ein wenig später lief der schrille Ton einer Sirene über das

Wasser, lief durch das Gewölbe, hüpfte von einer Steinwand zur anderen, und in Vienna 3, weit weg, fielen andere Sirenen ein, die Sirenen der Lager erwachten, und die Gefangenen schreckten hoch, hoben entsetzt ihre Köpfe und wußten schon, die hatten wieder einen gefangen, und den würden sie schon morgen zur Hinrichtung führen.

Gläserner Wagen

Raven hörte undeutlich die Stimmen der Soldaten und spürte das leise Schaukeln eines Panzerwagens. Ohne die Augen zu öffnen wußte er, daß es einer der durchsichtigen Wagen war, man fuhr mit ihnen durch die belebten Straßen, sooft man einen Feind erwischt hatte, und dann ertönten die Sirenen, und es war Pflicht, auf die Straße zu laufen und die Tiere hinter der Glasfassade zu betrachten. Es gab verschiedene Arten von Sirenentönen, kurze, dumpfe Sirenen, bei denen es genügte, die Fenster zu öffnen und aus der Vogelschau hinunterzusehen, ein mittleres Heulen, bei dem man auf die Straße mußte, vorschriftsmäßig angezogen, als Zeichen dafür, daß man immer bereit war. Bei diesem Heulen rannten die Blockwarte von Tür zu Tür, die Signallampen leuchteten auf. Der Lift abwärts war dann vollbesetzt mit verschlafenen, verschwitzten Menschen, sie hatten sich unten aufzustellen, und die Blockwarte riefen nach Listen die Namen auf. Beim langgezogenen, schrillen Heulen endlich hatten sich die Betriebsgruppen zu sammeln und Transparente mitzubringen, jede Woche wanderten diese Transparente in einen anderen Haushalt zur Verwahrung und wurden dort in Pflege genommen. Es waren wertvolle Transparente darunter, die dem Betrieb einmal öffentlich verliehen worden waren, und die Frauen in den Haushalten dachten sich viele Möglichkeiten aus, sie noch zu verschönern, sie stickten Blumen und flochten goldene Bändchen, und ein wenig sah das Ganze nach einem blutigen Jahrmarkt aus.

In manchen Monaten kamen die Sirenen fast täglich; wenn man aus dem Betrieb ging, rief man sich zu, man sehe einander ja noch, spätestens um Mitternacht, und einmal war ein Betrieb lobend erwähnt worden, bei dem die Belegschaft beschlossen hatte, gleich beisammen zu bleiben. Sie hockten dann in den Sälen, in denen sie sonst arbeiteten, es war ein wenig seltsam, untätig herumzusitzen und der Nachtschicht zuzuschauen, und manche hielten das nicht aus und arbeiteten wieder mit.

Es waren auch nicht immer Gefangene, die man brachte. Raven

erinnerte sich an einen Sirenengroßeinsatz, pausenlos und schrill hatte es von allen Dächern der Stadt geschrien, Kinderklassen mit Transparenten waren zum Hauptplatz gestürmt, die Blockwarte hatten Revolutionszüge geordnet, und im Krankenhaus hatten zwei Patienten darauf bestanden, auf Tragbahren vor das Gebäude geschafft zu werden, sie hatten sich nicht beruhigen können und hatten ständig geschrien, immer seien sie dabeigewesen, und so müsse es auch diesmal sein, arg genug, daß sie nicht einmal Fahnen bei sich hätten, und das Krankenhaus sei ein Unglück, jetzt würden sie zu Hause vom Blockwart aufgerufen und könnten sich nicht melden, und gleich werde der vermuten, sie hätten es absichtlich getan, um sich zu drücken, hätten ihre Krankheit nur vorgetäuscht, um einmal schlafen zu können. Einer der beiden war am nächsten Tage gestorben, und das Krankenhaus hatte wie üblich angefragt, mit welchen Ehren er verbrannt werden solle, doch die Auskunft hatte lange gedauert, und schließlich hatte man erfahren, er sei als unzuverlässig von der Parteiliste gestrichen worden, man solle mit ihm anfangen, was man wolle, und zur Verbrennung war nur ein einziger Besucher gekommen, ein alter Mann, der sein Gesicht verborgen und ständig gehustet hatte, und die ganze Zeit hatte er keinen Blick auf den Sarg gehabt, nur für den Ausgang, und dann war er verschwunden, bevor die Bestattung zu Ende war.

An diesem Tage der großen, schrillen Sirenen war der gläserne Wagen erst nach zwei Stunden gekommen, aber er war leer gewesen, völlig leer, und die Menschen wußten nicht, was sie anfangen sollten, ein paar begannen zaghaft zu lachen, doch dann sahen sie die eisigen Gesichter der Blockwarte und drängten hastig in die letzte Reihe zurück, machten sich ganz klein, dann war der Zug vorbei, und die Blockwarte traten vor und hielten eine kurze Rede, die sie vom Blatt ablasen, der Staat müsse seine Bürger darauf aufmerksam machen, daß noch immer zu viele Verräter frei seien, gedeckt von einer egoistischen, abscheulichen Strömung des persönlichen Mitleides, einer Strömung, die stinke wie die Pest und gefährlicher sei als Pest und Krebs, denn diese üblen Krankheiten könne man bekämpfen, aber das Mitleid würde sie noch alle ins Verderben stürzen.

Raven bewegte sich ein wenig, und sofort spürte er die Schmerzen in seinem Körper. Man mußte sie bewundern, diese jungen Soldaten, die ihr Handwerk beherrschten, wie sie es in den Schulen gelernt hatten. Sie hatten ihn zusammengeschlagen und mit den Stiefeln getreten, hart genug, um ihn fast bewegungsunfähig zu machen und tausend glühende Schmerzen durch seinen Körper zu jagen, aber doch nicht hart genug, um ihn zu töten, sie waren nicht einmal zornig gewesen, sondern hatten eine Lektion ausgeführt. In den Schulen ließ man sie gegen Sandsäcke und große Puppen treten, und wenn sich einer freiwillig meldete, dann durfte er das Opfer sein, mußte sich hinlegen, wurde getreten, ohne Mitleid und ohne Zorn, und er durfte nicht schreien, selbst wenn sie ungeschickt waren und er spürte, daß sie ihn töten würden.

»Wie die Tiere«, sagte einer der Soldaten halblaut, »da stehen sie da wie die Tiere.«

Raven öffnete ein wenig die Augen, ein scharfer Schmerz ging sekundenlang durch seinen Kopf, und er erschrak, wie nahe sie waren, er konnte ihre Augen sehen, neugierige, verschlafene und böse Augen, und er glaubte, ihren Atem zu hören. Es waren viele Menschen, und der Wagen fuhr langsam an ihnen vorbei, Männer, die nur dastanden und noch halb im Schlaf waren, blicklos und unbeteiligt, Männer, die gedankenlos die Fäuste hoben, Männer, die etwas schrien und drohten und die Blicke des Blockwarts in ihrem Rücken spürten. Frauen, die achtlos einen Mantel über ihr Nachtgewand gestreift hatten, andere, die ihre Kinder an sich gezogen hatten und immer wieder mit den Fingern durch ihr Haar strichen, junge Mädchen, die es fertiggebracht hatten, sich herauszuputzen, es war eine der wenigen Gelegenheiten, sich schön zu machen, jetzt standen sie in der ersten Reihe und warfen verstohlen Blicke in die Runde. Frauen, denen die Erregung im Gesicht stand, wenn der Wagen vorbeiglitt, wie unter einem Bann stierten sie mit geweiteten Augen in den Wagen und streckten grüßend Hände mit gespreizten Fingern aus. Kinder, die lange vorher schon unruhig gewesen waren, stellten sich auf die Zehenspitzen und machten einander aufmerksam, es sei soweit, und wenn der Wagen neben ihnen war, wichen sie erschrocken zurück. Dazwischen Menschen, die den Anblick nicht ertragen konnten, senkten die Köpfe und starrten auf das Pflaster. Ängstliche, nervöse Augen, erleichtert, wenn sie bemerkten, daß kein Bekannter im Wagen war.

Dahinter die grauen Betonhäuser, nach den ersten atomaren Auseinandersetzungen gebaut, aus Fertigteilen zusammengesetzt, für Vienna 3 mußten sie genügen, für Menschen mit mangelhaften Charaktereigenschaften, für solche, die verdächtig waren, für Nachkommen von Verdächtigen, für Intelligenz zweiter Klasse, für Menschen, von denen man vermuten mußte, sie könnten ihre wilden

Triebe nicht im Zaume halten, nicht klar abschätzen, seien für Gefühle anfällig, wollten gern Lieder singen und hätten trotz aller Aufklärung Sehnsucht nach Unsauberem: nach Kühen und Ställen, nach einem Park, in dem die Herbstblätter vermodern, nach der unerlaubten körperlichen Liebe, nach Kindern, deren Erbfolge nicht beeinflußt wurde.

Sie lebten nicht schlecht in dieser Stadt, sie hatten den schwarzen Himmel in Kauf zu nehmen, der sie aber auch schützte, die Trümmer, die Ruinen und die Ratten, weil man ein Mahnmal vergangener ungeregelter Zeiten brauchte, sie wurden bewacht, aber auch behütet. Sie hatten genug zu essen und alle handlichen Apparate und wurden nicht alle getötet, wie die feindliche Propaganda behauptete, sie starben ganz langsam und allein, so wie alte Häuser sterben: zuerst der Verputz, dann sind die Türen nur noch schwer zu öffnen, dann rascheln Ratten durch die Räume, dann tropft die Feuchtigkeit über die Wände, dann stürzt ein morscher Balken in ein Zimmer und treibt eine müde Wolke Staubes hoch, und irgendeinmal fällt das Haus in sich zusammen, ein Haufen von Gerümpel, nur eine einzelne Wand bleibt sinnlos stehen, und an ihr kann man helle Flecke beobachten, wo einmal Bilder aufgehängt waren.

»Schon wieder dieser Spaß«, sagte ein Soldat unlustig.

Raven spürte, daß der Wagen angehalten hatte. Er öffnete die Augen weiter und sah, daß man Anna im Wagen hochaufgerichtet an einen Pfahl gebunden hatte, eigentlich sah es nicht aus wie gebunden, sie trug glänzende Fäden quer über dem Körper, und sie wirkte wie eine Schaufensterpuppe.

»Jetzt stürmen sie wieder«, sagte der Soldat.

Aber sie stürmten nicht, die hinteren Reihen drängten ein wenig vorwärts, das drückte eine Betriebsgruppe gegen die Glaswand, eine gemischte Gruppe, junge Burschen und Mädchen darunter, sie hatten Angst, erdrückt zu werden, sie stemmten die Hände gegen das Glas, aber hinten drängten sie noch immer, und eine Kinderabteilung hatte zu singen begonnen, nun hatten die Arme und Hände keinen Halt mehr, und die Gesichter wurden gegen das Glas gedrückt, platte Nasen und offene, keuchende Münder, wie in einem großen Aquarium sahen sie jetzt aus, und die Angst war in den Augen und Haß und Abscheu, denn sie waren so nahe an Ravens Gesicht, daß sie einander berührt hätten, wäre das Glas nicht zwischen ihnen gewesen.

»Die werfen uns noch einmal um«, sagte der Soldat. Er sah, daß Raven versuchte, sich etwas von der Wand wegzurollen.

»Na, kleiner Schläfer«, sagte er, »los, steh auf.«

Zu zweit hoben sie ihn auf, aber er konnte nicht stehen, seine Beine knickten ein, sie rissen ihn wieder hoch, und er versuchte, sich an der Glaswand zu halten.

»Willst du hören, was sie schreien?« fragte ein Soldat.

Raven antwortete nicht, und sie schalteten die Verbindung außenhin ein. Es klang wie das hohe Zischen von vielen Schlangen.

»Heißa, heißa, heißa.«

»Grüß sie«, sagte der Soldat, »los, grüß sie.«

Raven hob mühsam eine Hand, warum nicht, dachte er, warum soll ich sie nicht grüßen?

Ein einziges Brüllen des Abscheus und des Zornes antwortete ihm.

»Heißa, heißa, heißa.«

Raven senkte den Kopf, er konnte es nicht ertragen, sie schreien zu hören, doch sie schrien immer weiter. Dafür, dachte er, werden wir sterben, und er erschrak bei dem Gedanken, doch dann dachte er, daß sie ganz anders waren, daß sie schreien mußten, ja, sie mußten schreien, und diese schreienden jungen Frauen würden lächeln, wenn er allein mit ihnen sprach, und die Kinder wären dankbar für seine Geschichten, es war nur die Angst, die sie schreien ließ, die Angst, selber in den Wagen zu müssen, und die Verzweiflung und Schande, sicher schämten sie sich, und morgen schon wären sie sanft und brächten es nicht über sich, einen zu töten, der ihnen nichts getan hatte, nur die Soldaten mußte man entfernen, und reden mußte man mit ihnen. Sicherlich wäre es am Anfang schwer, mit ihnen ins Gespräch zu kommen, sie waren erzogen worden im Haß, aber man mußte mit ihnen reden können, man mußte.

Die Bewegung löste einen neuen Druck gegen die Scheibe aus, sie war jetzt so heftig, heißa heftig, und einer der Männer ganz vorn bei der Glasscheibe verlor das Bewußtsein, glitt langsam zu Boden, nur von den Nachdrängenden auf den Beinen gehalten.

»Sie zerdrücken ihn«, sagte Raven.

»Verdammte Schweinerei«, sagte einer der Soldaten, »es ist einer von den Betriebsbrigaden, drei Sterne hat er, und wir werden Ärger bekommen.«

»Dann tut was, damit er euch am Leben bleibt«, sagte Raven, »geht es dir gut, Anna?«

»Ja«, antwortete sie leise.

»Der hat drei Sterne«, sagte der Soldat nervös, »der muß auf den Beinen bleiben. Verdammt, wir müssen hinaus.«

Sie hatten jetzt Angst, sie hatten sich sicher gefühlt in ihrem Panzergefängnis und ihren Spaß gehabt, es war auch angeordnet worden, manchmal stehen zu bleiben, aber die Befehle sagten nichts darüber, daß einer zerdrückt werden sollte, der drei Sterne trug und wahrscheinlich bald hinauf durfte, vielleicht war er auch von einem Sonderkommando von oben, und es konnte eine lange Untersuchung geben, wie es möglich gewesen war, daß man ihn zerquetscht hatte.

Sie öffneten die Tür und hatten ihre Strahler im Anschlag, sie sahen sehr entschlossen aus und waren auch gewillt zu schießen, es gäbe Ärger, und den wollten sie nicht haben.

»Zurück«, schrien sie, »zurück«, aber es war nicht notwendig, denn die Menge flutete, von Panik getrieben, zurück und drückte jene, die bei den Mauern standen, gegen den Beton. Der Mann vorn fiel ohne einen Laut, den Mund weit geöffnet. Sie nahmen ihn an den Armen und Beinen, wie eine Gliederpuppe sah er aus, und hoben ihn auf die Plattform. Dann standen sie da, die Strahler lächerlich noch immer schußbereit, und starrten auf das reglose, ein wenig verrenkte Bündel.

»Der stirbt uns«, sagte der Soldat.

»Verdammt.«

»Der stirbt uns.«

Sie wandten sich Raven zu, und er sah ihre hilflosen, erregten Gesichter.

»Tu was«, schrien sie, »irgend etwas kann man da doch tun.«

»Sicher«, sagte Raven, »ist ja meine Pflicht, was? Ihr bringt die Leute um, und ich mache sie wieder gesund.«

»Tu was.«

»Führt mich hin«, sagte Raven, »ich schaffe es nicht allein. Und macht ihm die Brust frei.«

Sie schleppten ihn zu dem Mann hinüber, und einen Augenblick lang wurde ihm schwarz vor den Augen, er fiel auf die Knie, und als seine Hände zu arbeiten begannen, merkte er, daß sie gebrochen sein mußten, ein Finger oder zwei, der Schweiß lief ihm über das Gesicht, und nach wenigen Minuten kämpfte er mit der Versuchung, sich vornüber fallen zu lassen, die Heißa-Rufe waren verstummt, und nun starrten sie alle schweigend in den gläsernen Käfig.

Der Mann stöhnte einmal, er öffnete die Augen, sah Raven staunend an, er konnte die Augen nicht von Ravens verschwitztem Gesicht wenden, er wollte etwas sagen, aber es gelang ihm nicht.

Dann begannen sie draußen zu brüllen, Raven hob den Kopf und sah die Betriebsgruppe auf den Wagen zumarschieren, Transparente in den Händen, sie gingen im Gleichschritt und blieben neben der Plattform stehen.

»Der soll ihn nicht anfassen«, sagte einer, »der Kerl soll ihn loslassen.«

»Übernehmt ihr ihn?« fragte ein Soldat.

»Gebt ihn herunter.«

»Auf eure Verantwortung?«

»Auf unsere Verantwortung.«

Die Soldaten rissen den Körper hoch, der Mann stöhnte auf und wurde zwischen den Transparenten davongetragen.

»Da kann man nichts machen«, sagte ein Soldat erleichtert.

»Er wird ihnen sterben«, sagte Raven, er wollte sich erheben, doch die Schmerzen in seinem Körper waren zu stark.

»Das geht uns nichts an«, sagte der Soldat, und seine Stimme klang etwas weniger hart.

»Hast du eine Zigarette für mich?« fragte Raven.

»Das ist gegen die Vorschrift«, sagte der Soldat.

Der Wagen ruckte wieder an.

Und nochmals sah Raven den endlosen Zug der neugierigen und bösen, der verschlafenen und der gleichgültigen Gesichter. Eine Weile verlor er das Bewußtsein, blieb auf den Knien, dann hörte er wieder Heißa-Rufe, und einmal sangen sogar helle Kinderstimmen ein Lied.

Er kam erst wieder zu sich, als der Wagen im Hof des Lagers hielt. Sie zerrten ihn hinaus, und Anna wurde an ihm vorbeigeführt. Sie sagte etwas, was er nicht verstand, und er wollte etwas sagen, doch er vergaß es gleich wieder, er versuchte ein Lächeln, das kläglich und verzerrt ausfiel.

»Na, kleiner Papagei«, flüsterte er.

Im Hof des Lagers waren die Gefangenen angetreten, in endlosen Reihen standen sie hintereinander, wie Zinnsoldaten geordnet, überflutet von Scheinwerfern, die von allen Seiten her kamen und ihre Gesichter weiß machten, es sah aus, als trügen sie Masken, die hin- und herpendelten. Und ein Lautsprecher plärrte, man übergebe dem Lager zwei Gefangene, die morgen wieder abtransportiert würden, nur ein paar Stunden seien sie hier, aber das sei peinlich für das Lager, denn aus ihrem Verschulden würden morgen doppelt so viele hingerichtet wie sonst.

Die Reihen standen bewegungslos, bis sich der Panzerwagen zurückgezogen hatte, nun blieben nur die Scheinwerfer, und das Tor schloß sich wieder. Doch hinter den Mauern hatte die Wachmannschaft Bildschirme, auf denen sie jede Bewegung im Hof in Lebensgröße verfolgen konnte. Die Menge lief nur zögernd auseinander, als könne sie sich nur mühsam aus Reihe und Glied lösen. Solange man dort stand, wurde man nicht zum Verhör geholt, nicht in die Geräuschkammer gesteckt, in der tausend Sirenen zu heulen schienen, tausend Trommeln schlugen, große und kleine, Stahlhämmer dazwischen, und dann wieder ein paar Sekunden oder Minuten vollkommene Stille.

Die ersten, die auf sie zukamen, waren ein paar Frauen, sie nahmen Anna wortlos in die Mitte, vorsichtig, um ihr nicht weh zu tun, aber mit unbewegten Gesichtern. Es war besser so, denn draußen konnte man diese Gesichter sehen, und vielleicht konnte man auch ihre Worte hören. Sie führten Anna fort, wie sie es oft getan hatten, und Anna hatte plötzlich keine Kraft mehr, sie wollte Raven ansehen, aber es glückte nicht mehr. Sie ging mit ihnen und schleppte ihre Beine willenlos vorwärts.

Dann erst kamen die Männer, fünf, sechs Männer, und blieben abwartend vor Raven stehen.

»Raven?« fragten sie.

»Ja«, sagte er.

»Wir haben von dir gehört. Früher schon.«

»Ich bin kein freudiges Ereignis für euch, was?«

»Es geht«, sagte einer der Männer, er hatte helle, wachsame Augen und eine eingeschlagene Nase. »Wenn sie ein paar mehr als sonst hinrichten, dann ist das nicht deine Schuld.«

»Sieht aber so aus«, sagte Raven.

»Die wollen, daß auch wir dich hassen«, sagte der Mann langsam, »aber wir haben nicht mehr viel Haß. Bloß, daß wir uns nicht untereinander hassen.«

»Und tut ihr es nicht?« fragte Raven.

»Nur wenn wir Angst haben. Wenn wir in der Reihe stehen. Da betet jeder darum, es soll einen anderen erwischen. Und nachher schämt man sich dafür.«

»Ich bleibe nur ein paar Stunden«, sagte Raven.

»Wir hätten gern einen Arzt hier«, sagte der Mann, »schade darum.«

»Ja«, sagte Raven, »wie ist das Lager?«

»Wie Lager nun einmal sind.«

»Ich würde mich gern irgendwo niederlegen.«

»Ja«, sagte der Mann, »aber du sollst es gleich wissen.«

»Was?«

»Diese Frau, diese Jenny. Wir haben es über den Lautsprecher gehört. Die geben alles über Lautsprecher durch.«

»Was ist mit ihr?« fragte Raven müde.

»Zuerst hat sie das kleine Mädchen versteckt. Die muß es so gut versteckt haben, daß sie es nicht gefunden haben. Und später hat sie gesagt, sie werden es auch niemals finden.«

»Und dann?«

»Dann hat sie versucht, es der Mutter zu sagen. Das war natürlich Wahnsinn, und das hat sie sicher auch gewußt, die haben dort schon gewartet, und trotzdem hat sie es getan. Man hat sie beim Haus geschnappt.«

»Jenny«, sagte Raven langsam.

»Sie haben sie erschossen«, sagte der Mann, »die mußten sie auf der Straße erschießen, sie war nicht ruhig zu kriegen, immer hat sie geschrien, Mörder seien sie alle, Kindermörder, und sie hätten ihre Eltern umgebracht, Mörder seien sie, gemeine Mörder. Die war nicht still zu kriegen. Und da mußten sie schießen.«

»Danke«, sagte Raven, »es ist gut, daß ich es weiß.«

Sie gingen langsam über den Hof, einem großen, grauen Gebäude zu.

Jenny, dachte Raven, die so kühl war wie Eis, so klug, und immer hat sie gewußt, was richtig ist. Und jetzt hat sie Mo gerettet und Mörder geschrien. Und sie hat auch diesmal gewußt, was richtig ist.

Er lachte plötzlich, sehr laut, ein befreiendes Lachen, und seine Begleiter schauten ihn erschrocken an.

»Sie werden Mo nicht finden, Mo nicht«, sagte er und lachte immer wieder, bis seine Begleiter mit ihm lachten, immer lauter, und dann lachten sie auch drüben bei dem Gebäude, viele Gesichter, hahaha, hohoho, die aussahen wie weiße, schwankende Masken.

Schauspiel unter den Kreuzen

Anna erwachte von einem leisen Geräusch in einem der Heizkörper. Es war warm im Saal, und ein fahles Halblicht irrte über den Schläfern, draußen lag weiß im Scheinwerferlicht der Lagerhof, lautlos. So muß es auf einem Bauernhof ausgesehen haben, dachte Anna, bevor die Vögel erwachten, die ersten Hunde mürrisch anschlugen, und bevor sich der Nebel über den Feldern hob.

So also ist es, wenn man sterben muß, dachte sie verwundert, wie an jedem anderen Tag. Sie fühlte keine Angst, sie war fast zufrieden, denn nun wußte sie, daß sie schuldig war. Am Abend vorher hatte sie die Geschichten der Frauen gehört, der alten und jungen Frauen, die jetzt schliefen, es waren keine neuen Geschichten, die man da einförmig erzählt hatte, jede einzelne kannte sie, und es war ihre Schuld, daß sie niemals früher darüber nachdachte, daß sie jeden Gedanken daran von sich schob und den Henkern sogar zujubelte. Diese Geschichten, man wußte nie genau, wem sie erzählt wurden, vor sich hingemurmelt, von anderen unterbrochen! Zwei Geschichten flossen zusammen, eine dritte kam dazu, drei Monologe nebeneinander, niemand weinte mehr dabei, niemand klagte an, alle klangen wie unpersönliche Leichenreden, man berichtete über fremde Schicksale, man saß daneben und blickte wie ein Vogel von einer hohen Mauer herab auf sein eigenes Leben, dachte darüber nach, ob diese Person, die da täglich im Lager in Reih und Glied stand, noch dieselbe sei, die zur Schule gegangen war, die geheiratet und ein Kind geboren hatte. Da war die Frau, deren Mann verhaftet worden war, aber sie hatte es nicht zulassen wollen, wie eine Klette war sie an ihm gehangen, sie hatte es nicht fassen können, sicherlich war es ein Irrtum, nur ein Irrtum, und sie war doch der Partei immer ergeben gewesen, und in der Schule hatte sie Gedichte auf die Partei vorgetragen. Da war die alte Frau, immer war sie mit ihrem Enkelkind beisammen gewesen, doch dann war sie eines Tages zu ihrer Tochter gekommen und hatte erfahren, das Kind sei in einem Heim besser aufgehoben, viel besser als bei einer alten Frau. Das hatte sie nicht verstanden, sie war niemals mutig gewesen, aber jetzt hatte sie den Mut eines Löwen erfaßt, zum Heim war sie gegangen, doch sie war nur bis zum Pförtner gekommen, man hatte sie nicht vorgelassen, so sehr sie auch gebettelt hatte, da hatte sie sich einfach auf die Treppen gesetzt, störrisch wie ein alter Esel, man hatte sie wegzerren müssen, und sie hatte ständig gedroht, sie werde von Tür zu Tür gehen, allen werde sie erzählen, wie man sie behandelt habe, und sie werde wiederkommen, mit vielen alten Frauen, das hatte sie auch dem Mann gesagt, der sie verhört hatte, eine gewaltige Schar alter Frauen werde zum Heim ziehen und dort greinen und schreien und auf der Treppe sitzen. Und schließlich hatte man sie ins Lager gebracht.

Wenn sie über Kinder sprachen, wurden die Monologe noch leiser, wo waren diese Kinder, die man geboren hatte, die gelacht hatten, die durch die Wohnung getollt waren, und dann hatte man sie abgeholt, wie man alte ausgediente Waren abholt, und dann hätte es nur noch vorgedruckte Karten gegeben, herzliche Grüße, und es geht mir gut, immer die gleichen Worte, und langsam hatte man Mühe, sich noch an diese Kinder zu erinnern, und bei den Besuchszeiten stand man vor ihnen, und man war nicht sicher, ob es die eigenen Kinder waren, die mit erfrorenem Lächeln fragten: Geht es dir gut, Mama?

Eine alte Frau war darunter, die jedem erzählte, sie wolle endlich ihr Urteil haben, sterben wolle sie, und es mache ihr nichts aus. Als man sie von zu Hause geholt hatte, war sie sehr ruhig gewesen, gedankenlos hatten ihre Hände noch ein paar Dinge geordnet, von einem Platz auf den anderen getragen, Dinge, die niemand mehr brauchte, wie im Schlaf war sie gewesen und hatte sich gewundert, daß sie noch so wichtig war, fast stolz darauf, daß ihretwegen drei Soldaten gekommen waren, und vor dem Haus standen noch zwei Soldaten mit einem Wagen. Als sie hinausgegangen waren, hatte sie sich noch einmal umgesehen und die beiden Soldaten gegrüßt, sich schon wieder abgewandt, aber dann hatte sie plötzlich begriffen, daß einer der Soldaten ihr Sohn war, ihr Sohn, der verlegen am Wagen hantierte und aussah wie ein Hund, den man geprügelt hatte.

Es war heiß im Raum, und Anna spürte, wie der Schweiß über ihren Körper rann, sie fühlte sich müde und schmutzig, merkwürdig, daß man ein paar Stunden vor dem Tode noch daran dachte, daß es gut wäre, sich zu waschen. Raven fiel ihr ein, wie sie ihn getreten hatten, und er hatte keinen Laut von sich gegeben. Wieviel solcher Soldaten, die ihn getreten hatten, hatte er wohl schon operiert, war mit gespanntem Gesicht vor ihnen gestanden, hatte mit abgezirkelten

Bewegungen gearbeitet, und vielleicht hatte er eines dieser Beine, die ihn getreten hatten, eingerichtet, ein verrenktes, hilfloses Bein, damit es wieder treten konnte?

Und Fred, der Mann, den irgend jemand aus Stahl konstruiert hatte, mit vielen Drähten, einer von einer Million Robotern, die gleichen lautlosen Bewegungen, das gleiche, starre Grinsen, und ausgerechnet er war anders geworden, eine ganze Stadt jagte hinter einem Haufen Stahl her, wild darauf, die gefährliche Masse zu schmelzen, die Drähte aus seinem Leib zu reißen, einen nach dem anderen, wie man Schaumgummi aus einer Matratze reißt.

Die Sirene ertönte, ein schriller Ton, der die Schläferinnen hochfahren ließ, keine sprach ein Wort, und in fahriger Eile machten sie ihre Schlafstellen zurecht. Sie sahen einander nicht an, und die Angst war nun zwischen ihnen. Selbst am Weg in den Hof vermieden sie es, Anna zu nahe zu kommen, als wäre sie ansteckend, als könne es Unglück bringen, in ihrer Nähe zu sein. Eine Zeitlang stand Anna ganz allein, doch dann war kein Platz mehr in den anderen Reihen, und ein paar Frauen stellten sich widerwillig neben sie, hielten aber noch immer Abstand. Ein paar Minuten standen sie so, die Scheinwerfer waren sehr hell, gerade auf ihre Augen gerichtet, man konnte sich nicht verstecken vor diesem Licht, es gab keinen Winkel, sich zu verkriechen, und nur ein einziges Mal hatte ein Mann versucht, im Schlafraum zu bleiben, er hatte Fieber gehabt und keine Kraft und keinen Willen, hinunterzugehen. Als sie ihn entdeckt hatten, hatten sie darauf verzichtet, über den Lautsprecher etwas durchzugeben, wie sie es sonst taten, sie hatten ihn einfach in den Wagen geladen, und von diesem Augenblick an war es selbstverständlich, daß ein Zurückbleiben den Tod bedeutete, und jene, die krank waren, schleppten sich lange vor dem Morgenappell die Treppen hinunter, standen gegen die Wand gelehnt, allein mit den Scheinwerfern, nur um sich nicht zu verspäten.

Anna hörte Ravens Namen rufen, und weit vorn sah sie, wie er zu einem Wagen humpelte, es war ganz undramatisch, wie in einem Warenhaus, in dem man Warenposten aufruft und auf einer Liste abhakt. Sie fröstelte und hörte ihren eigenen Namen, ging gehorsam vor, dann wieder ein Name, noch immer kein Laut, eine Frau folgte ihr, und wieder ein Name, und ein Aufschrei, nein, nein, bitte nicht mich, ich will nicht.

Die Frau, die schrie, stand in einer Reihe weiter vorn, sie wurde hinausgestoßen, und Anna war dicht neben ihr. Sie wollte ihr etwas sagen, irgend etwas Tröstliches, aber was gab es schon Tröstliches, und so ging sie schweigend weiter bis zum Wagen.

»Ein schöner Morgen«, sagte ein Soldat.

»Findest du?« fragte Anna.

Er schämte sich ein wenig über seine gedankenlose Bemerkung und sah an ihr vorbei.

»Nicht schön zum Sterben«, sagte Anna.

»Ja«, war seine Antwort. Er war noch jung und sah aus wie Ugo, die gleiche Begeisterung in seinem Gesicht, weil heute er zu einer großen Aufgabe ausgewählt worden war, die gleiche Unsicherheit, wenn man ihm ins Gesicht sah, so unsicher war sie selbst immer gewesen, so voller Angst, voller Unrast, etwas Wichtiges zu tun.

»Weißt du, wie man es tun wird?« fragte sie. Raven war drüben beim anderen Wagen und winkte ihr zu, so winken Ausflügler, die einander zufällig auf der Straße begegnen.

»Man wird euch . . .«, sagte er verlegen.

»Was?«

»Es ist so schwer zu sagen«, murmelte er.

»Und nicht schwer zu tun?« fragte sie.

Sein Gesicht bekam rote Flecken, die Röte stieg ihm bis in die Ohren, und er sah seine Kameraden hilfesuchend an. Er hatte von dieser Hinrichtung geträumt, von einer prächtigen, großen Hinrichtung, und im Traum hatte er die Verräter vorwärtsgestoßen und sie angebrüllt, Schurken mit verbogenen Hakennasen und stechendem Blick, doch jetzt stand er diesem Mädchen gegenüber, einem Mädchen, wie sie täglich aus den Fabriken kamen, nur ruhiger, ohne Kichern, ohne das ein wenig nervöse und laute Atmen, das sie ausstießen, wenn ein Mann in der Nähe war.

»Also wie?« fragte Anna.

»Das geht dich nichts an«, sagte er grob.

»Ich dachte, es sei mein Tod.«

»Dein Tod, dein Tod«, sagte er wütend, »es ist unser Tod, er gehört uns, er vermehrt unseren Ruhm und den Ruf unserer Gerechtigkeit.«

»Ich bin nicht verurteilt worden«, sagte sie, »ist das Gerechtigkeit?«

»Ach was, Verräter brauchen kein Urteil, ach was.«

Sie wurden in den Wagen gestoßen, sechs Frauen, und im Wagen vor ihnen fuhren die Männer, die Sirenen heulten unter dem schwarzen Himmel, ohne Pause, sie sahen die Transparente, und einmal begegneten sie einem gläsernen Wagen, sie hatten ihn eingeholt, und die Leute lachten sich tot über seine Fracht, denn er führte nur ein graues, altes Pferd.

Beim Übergang zu Vienna 2, bevor sie in den Lift einfuhren, entstand eine kurze Stockung, Anna konnte wieder einmal ihre Gesichter sehen, das Schreien war heute nicht so laut, es gab die üblichen Transparente, und ein paarmal sah Anna junge Burschen in ledernen Westen. Diese Burschen erinnerten sie an eine Geschichte, die Raven erzählt hatte, wie war das nur gewesen? Die Frauen im Wagen murmelten eintönig vor sich hin, nur eine jüngere Frau, die zwei Kinder hatte, von denen sie nicht wußte, wo sie geblieben waren, drohte ihnen wie wahnsinnig mit den Fäusten. Ja, diese Burschen mit den Gitarren, Burschen, die gesungen hatten, bis die Meute über sie hergefallen war, Lieder, laute, wilde Lieder, bis man sie verprügelt hatte. Burschen, deren Gesichter starr und wütend waren und die nur gedankenlos den Mund öffneten, um mitzuschreien, auch ein paar Mädchen, die zu Boden blickten, kalt, abweisend, als ginge sie das alles nichts an.

In Vienna 2 schien wie immer die Sonne, die vertraute Sonne der Kindheit auf einem makellos blauen Kunsthimmel, schöne, kalte, künstliche Sonne, elektronisch hergestellt. Die Straßen zum Hauptplatz waren verstopft, überall Menschen, der schrille Klang der Sirenen über ihren Köpfen, sogar das Denkmal des Riesen war besetzt worden, wie Ameisen hockten sie dort hinter den Glasscheiben, von den Augen des Riesen aus konnte man bequem den Hauptplatz überblicken. Es dauerte einige Zeit, bis sich Anna an diese Helligkeit gewöhnte, es war seltsam, daß sie nur flüchtig an das Sterben dachte, die Wände des Wagens verzerrten die Optik ein wenig, und die Gesichter der Menschen draußen waren breiter; Mädchengesichter – die Fabriken hatten frei gegeben –, die Abordnung der Gasmänner, alte Männer mit Orden behängt, Stolz in den runzeligen Zügen. Kinder, fahnenschwenkend, doch dieses Schwenken erstarb, als sie das Pferd erblickten, noch nie hatten sie ein Pferd gesehen, und die Hände blieben in der Luft stecken.

Am Hauptplatz wurden sie aus den Wagen geschoben, eine Minute lang war das Pferd neben ihnen, das warm roch und unruhig den Kopf schüttelte, ein blindes Pferd, das sich nicht erklären konnte, was es hier sollte.

Sie führten Anna hinüber zu einem der beiden Riesenkreuze, Raven war schon dort. Die Kreuze standen dicht nebeneinander, und man schnallte die beiden mit biegsamen Riemen daran fest, bis sie nur noch den Kopf bewegen konnten.

»Hallo, Anna«, sagte Raven.
»Hallo, Raven«, sagte sie.
Sie wußten es jetzt beide, sie hatten diesen Tod schon gesehen, festgeschnallt an das Riesenkreuz, das mit Schweißbrennern entzündet wurde, bis es ein einziges, gewaltiges Flammenzeichen war, mit Menschen darauf, von denen nichts übrigblieb, keine Spur, kein Stückchen Asche.
»Die anderen werden sie nur erschießen«, sagte Raven. »Und zuerst spielen sie uns noch etwas vor.«
Er deutete mit dem Kopf hinauf, und erst jetzt sah sie, daß man zwischen den Häuserfronten ein Seil gespannt hatte, eine Plattform auf jeder Seite, mit einer stählernen Leiter, die aufwärts führte, auf einer Seite ein großer Lift, in den sie eben das Pferd drängten.
Die Lautsprecher plärrten, und sie mußten schreien, um sich verständigen zu können.
»Erschrick nicht«, schrie Raven.
»Warum?«
»Drüben ist Fred«, brüllte Raven.
Die Lautsprecher plärrten, nun werde man gleich erleben, was man noch nie erlebt habe, einen Clown, den einzigen Clown ohne Hirn, einen Roboter, der es gewagt habe, sich gegen das Volk aufzulehnen, dafür werde er nun mit einem Pferd über das Seil reiten, zur Belustigung und Erbauung, und wenn er gestürzt sei, werde man ihn einschmelzen, und aus seiner Glut werde man die Kreuze entzünden. Augenblicklich begannen die Kinderchöre zu singen, und die Betriebsgruppen schwenkten ihre Transparente, und sie sahen Ol, der einen gewaltigen Heißa-Heißa-Chor dirigierte.
Sie führten Fred an ihnen vorbei und ließen ihn vor den Kreuzen halten, oben gab es Schwierigkeiten mit dem Pferd, das nicht auf die eiserne Plattform hinauswollte.
»Das erste Mal, daß ich reite«, sagte Fred und grinste.
»Hör auf damit«, sagte Raven, »hör auf mit dem Theater.«
»Ach so«, sagte Fred, und sein Gesicht entspannte sich plötzlich, »du hast es bemerkt. Tut mir leid, daß ich kein Roboter bin. Es war eine verdammte Arbeit, das zu spielen.«
»Nein«, sagte Anna.
»Mit Stahl und Drähten im Bauch stirbt man leichter«, meinte Fred, »na ja.«
»Irgend etwas«, sagte Anna, und man konnte sie kaum hören, »ist mir an dir gleich aufgefallen.«

»Mir an dir auch«, sagte Fred, »du warst immer so hübsch.«

»Bitte nicht«, sagte Anna.

»Aber ja«, sagte Fred, »was, Raven? Wir müssen jetzt schnell alles Hübsche sagen, was uns einfällt. Ich hab' dich immer gemocht, Anna.«

»Ich dich auch«, sagte Anna.

»Na also«, sagte Raven, »was ist mit deinem Bein?«

»Ach was, hör auf, Arzt zu sein. Was ich brauche, ist kein Arzt, sondern ein erstklassiger Totengräber.«

»Nicht, Fred, nicht«, sagte Anna.

»Ich habe sie immer gehaßt«, zischte Fred, »schon als Kind. Und Tag und Nacht haben wir nichts anderes gedacht, als sie zu stürzen. Immer wollte ich frische Luft bekommen, viel frische Luft. Und jetzt reite ich mit einem alten Gaul zum Himmel. Das wird einiges Aufsehen geben da oben.«

Er wollte noch etwas sagen, aber sie stießen ihn zur Leiter, und er kletterte langsam hoch, er hatte Mühe mit seinem Bein, und einmal mußte er stehen bleiben. Ol dirigierte seinen Heißa-Chor, doch die Kinder schrien nicht mehr mit, denn oben war das blinde Pferd auf der Plattform, ein häßliches altes Pferd, aber ein echtes Pferd, und einmal konnte man es sogar angstvoll wiehern hören.

»Ein Roboter und ein Pferd«, plärrte der Lautsprecher, »du hast ein Mikrofon oben, wenn du noch etwas sagen willst.«

Fred hatte wieder seine blecherne Stimme, nur sein Atem ging ein wenig keuchend.

»Euch habe ich nichts zu sagen«, erklärte er kalt, »ich werde über das Seil reiten und geradewegs in den Himmel fliegen.«

Er schwankte ein wenig auf der Plattform, das Pferd drängte ihn zurück, traf sein Bein, es sah aus, als fiele er, und er keuchte jetzt lauter. »Gutes, altes Pferd«, murmelte er, »nur ruhig, altes Himmelspferd.«

Er versuchte wieder, aufzusteigen, und auf einmal hörten sie das Grollen in der Ferne, es klang wie Donner, verklang, ertönte noch einmal, die Menge hob lauschend die Köpfe, das Heißa verstummte, dann leuchtete in einem der großen Wohntürme ganz oben eine Flamme auf, eine weiße, riesige Flamme. Und in diesem Augenblick begann Fred wie verrückt zu schreien, mit hoher, sich überschlagender Stimme, ein irres Jauchzen, immer wieder. »Die Roboter kommen«, schrie er, »die Roboter, zehntausend, hunderttausend Roboter, stählerne Roboter, die Türme haben sie schon besetzt, sie kommen, die Türme haben sie schon besetzt.«

Die Menge geriet in Verwirrung, wallte unruhig hin und her, vom Kopf des Riesen erfolgte eine gewaltige Detonation, und einen Augenblick lang sah es aus, als stürzte er um. Und Fred konnte von der Plattform aus sehen, wie sie am Denkmal vorbeihasteten, junge Burschen, die der Menge etwas zuschrien und ihnen die Hände entgegenstreckten, sich mit ihr vermengten, zu einem Strom anschwollen, der immer größer wurde.

»Sie kommen«, brüllte Fred, »mein Gott, jetzt kommen sie.«

Ols Männer waren die ersten, die sich zur Flucht wandten, dann sprangen die Soldaten in ihre Wagen, fuhren rücksichtslos in die Menge, Ugo war unter ihnen, Ugo, der aus einem Wagen herausgerissen wurde, schrie, und über den sie hinwegliefen. Ols Männer versuchten die Flucht nach dem Süden, aber sie waren eingekeilt, und Menschen kamen ihnen entgegen, Menschen, die kein Heißa schrien, ganz stumm waren sie, aber sie marschierten auf Ols Truppen zu.

Fred kletterte die eiserne Leiter hinunter, ganz unten stürzte er, kam mit verzerrtem Gesicht auf die Beine, er weinte jetzt und stammelte, gleich werde er sie losschneiden, gleich.

»Paß auf dein Bein auf«, brüllte Raven.

»Ich versteh dich nicht«, brüllte Fred.

»Dein Bein.«

»Mein Bein, haha, mein Bein«, brüllte Fred, und er lachte und weinte zugleich, und er bemerkte Annas fassungsloses Gesicht und sah, daß sie weinte.

»Nicht weinen«, brüllte er, »nie mehr weinen!«

Noch immer war das Grollen in der Luft, und das Licht flackerte, der Glashimmel hatte einen Sprung bekommen, und es roch nach Rauch, und es war kein Heißa mehr zu hören, nur das: frei, frei, frei!

»Wir fangen von vorn an, ganz von vorn«, schrie Fred.

»Ja«, schrie Raven, »ja, ja!«

Und über ihnen, ganz klein und verloren auf der stählernen Plattform, stand das Pferd und wieherte ängstlich zum zersprungenen Himmel.

Nachwort

Ich kannte ihn noch, den Kohlenhändler, wie ihn Winfried Bruckner beschreibt. Man tastete sich über steile Steinstufen hinab, die unmittelbar hinter den Türen der Hinterhöfe ansetzten, versank in einem trüben Schwarz, aus dem sich erst allmählich, sowie sich das Auge an die Dunkelheit gewöhnte, Einzelheiten herauslösten – große Haufen von Kohle, Koks und Briketts, durch roh genagelte Holzwände getrennt, das ganze von einer lichtschwachen Funzel beleuchtet. Und dann stand da plötzlich eine furchterregende Gestalt, eine Schaufel in der Hand, Hose und Jacke ebenso schwarz wie das kohlenstaubverkrustete Gesicht, in dem die Augen wie weiße Steine saßen.

Der Kohlenhändler Ol spielt eine wichtige Rolle in Winfried Bruckners Buch »Tötet ihn!« – ein Symbol in mehrfacher Hinsicht. Er verkörpert den kleinen Mann mit beschränktem Horizont, der von seinem niedrigen Gesichtspunkt aus mit Neid das Tun und Treiben jener betrachtet, die oben in lichten Wohnungen leben und arbeiten und sich nicht schmutzig machen. Aus dem Haß gegenüber jener privilegierten Oberschicht heraus ist er bereit, sich zum Werkzeug jeder Macht mißbrauchen zu lassen, wenn sie nur den geheimen Wunschtraum der Rache an der bevorzugten Klasse verspricht. Obwohl der Kohlenkeller im 21. Jahrhundert, in dem Winfried Bruckners Roman spielt, keinen Sinn mehr erfüllt, hält der Kohlenhändler doch noch an seinen Requisiten, seinem Milieu fest, und sei es nur deshalb, um den anderen Schrecken einzujagen. Doch noch auf einer weiteren Ebene erschließt sich dem Kenner der österreichischen Verhältnisse Mitte der sechziger Jahre ein symbolischer Zusammenhang. Damals wurde der Innenminister und frühere Präsident des österreichischen Gewerkschaftsbunds, Franz Olah, aus Partei und Gewerkschaft ausgeschlossen; die Entsprechung der Namen ist sicher mehr als ein Zufall. Darauf angesprochen, bekannte Bruckner: »Jeder, der die Zusammenhänge kennt, kann sich darauf seinen Reim machen.«

Daß ihm die Vorgänge in Österreichs sozialistischer Partei und Gewerkschaftsbund am Herzen liegen, ist verständlich, denn in beiden nimmt er wichtige Positionen ein. Winfried Bruckner wurde 1937 in Krems an der Donau geboren. Nach der Reifeprüfung trat er in die Redaktion der Jugendzeitschrift »Der jugendliche Arbeiter« ein und ist seit 1966 Chefredakteur der österreichischen Gewerkschaftszeitung

»Solidarität«. Diese Blitzkarriere deutete sich schon während seiner Schulzeit an – mit 16 Jahren schrieb er Beiträge für die Literaturzeitschrift »Simplicissimus« und bekam mit 17 Jahren einen Hörspielpreis. Auch später noch wurde er mit mehreren Preisen ausgezeichnet, unter anderem mit dem Österreichischen Staatspreis für Jugendliteratur, dem Jugendbuchpreis der Stadt Wien und dem Staatspreis für journalistische Leistungen im Interesse der Jugend.

Trotz seines Engagements in Partei und Gewerkschaft fand er Zeit für ein umfassendes schriftstellerisches Werk, von dem insbesondere mehrere erfolgreiche Jugendbücher zu erwähnen sind. Außerdem versteht er es, soziale Probleme in einer spannenden Weise zu behandeln. Mit dem Buch »Die Pfoten des Feuers«, das in dreizehn Ländern erschien, befaßt er sich mit der permanenten Hungerkatastrophe Indiens. Der Roman »Die toten Engel« spielt im Milieu jüdischer Kinder im Warschauer Ghetto und erreichte eine Auflage von über 300 000 Stück. Auch eine Westernparodie voll Ironie und Situationskomik mit dem Titel »Der traurige Sheriff« stammt aus seiner Feder, und mit mehreren Büchern jüngster Produktion greift er die Darstellungsweise der Fabel auf, beispielsweise in »Die unbesiegbaren Frösche«, »Räubergold« oder »Superfrosch und der Fall des schlaflosen Siebenschläfers«. Wer Winfried Bruckners Vorliebe für Anspielungen auf prominente Zeitgenossen kennt, hat keine Schwierigkeiten, im weisen Superfrosch, der sich gegen alle Anfeindungen erfolgreich zur Wehr setzt, den langjährigen österreichischen Bundeskanzler Bruno Kreisky zu erkennen.

Damit ist die Liste der Brucknerschen Aktivitäten noch längst nicht erschöpft. So schrieb er auch eine Dokumentation über die Menschenrechte, eine Geschichte des Sports, Stücke für Theater und Fernsehen – sowie Wahlkampftexte für österreichische Sozialisten. 1978 verärgerte er die Kritik mit seinem Theaterstück »Vergewaltigt am Abend«, das im Wiener Volkstheater aufgeführt wurde. Damit bewegt er sich auf den Spuren jener Science Fiction-Schriftsteller, die sich mit den Problemen der Gewaltanwendung in scheinbar friedlichem Milieu beschäftigten, beispielsweise Robert Sheckley in »Das zehnte Opfer« oder Anthony Burgess in »Uhrwerk Orange«. Nach einem Überfall fliehen zwei Bankräuber in ein Fernsehstudio und nehmen alle Anwesenden als Geiseln. Das sendebereite Fernsehsystem gibt ihnen die Möglichkeit zur Selbstdarstellung, und so bringen sie ihre Forderungen auf den Bildschirm und damit an die Öffentlichkeit. Durch eine Abstimmung per Knopfdruck wird ein gewaltsamer Ansturm beschlossen, Angehörige einer rasch organisierten Bürgerwehr dringen schießend in die Räume des Funkhauses ein und schlagen selbst die Polizei in die Flucht. Als Überraschungseffekt wird allerdings zuletzt verkündet, daß es sich lediglich um eine Fernsehinszenierung handelte, und das war vielleicht der Grund dafür, daß sich das Publikum düpiert fühlte. Die Kritik erkannte zwar an, daß es dem Autor um ernsthafte Probleme ging, doch man nahm ihm die Mittel des Thrillers übel. Hans Haider schrieb in der »Presse«:

»Doch des Volkstheaters Geschäft mit der Angst und der Geilheit zugleich ist gescheitert. Die Gewaltakte, markiert oder berichtet, wirken peinlich bis lächerlich, die Selbstdarstellung der Täter und Opfer geschwätzig. Wenn Dilletanten Zukunftsgemälde pinseln, muß jedes Detail genau ausgetüftelt sein: jedes psychische, soziale, politische. Je maßloser der Entwurf, desto kleinkarierter der Raster.«

Die Mittel der Science Fiction aber hat Winfried Bruckner auch in zwei – diesmal für Erwachsene geschriebenen – Büchern verwendet, »Aschenschmetterlinge« und, noch typischer, »Tötet ihn!«. – »Aschenschmetterlinge« ist ein gegen den Krieg gerichtetes Buch, wobei die Sinnlosigkeit durch die utopische Kulisse bis ins Absurde gesteigert wird. Ein Trupp Soldaten springt mit Fallschirmen ab – niemand weiß, in welchem Land er sich befindet, gegen wen er kämpfen soll. Das einzige konkret vorgegebene Ziel ist ein Berg, der um jeden Preis erobert werden muß. Bemerkenswert der Wandel, der sich im Übergang vom alten, den Heldentod verehrenden Kriegerrama über Remarques »Im Westen nichts Neues« bis zu Winfried Bruckners »Aschenschmetterlingen« abzeichnet. Alles, was früher vielleicht noch wert war, verteidigt zu werden, ist verlorengegangen, das Heldentum ist nur noch eine Konsequenz des dahintersteckenden Zwangs. Doch trotz dieser Absurdität ist auch diese Vorstellung von beklemmender Aktualität – so ähnlich wie Bruckners Soldaten mag es jenen Amerikanern gehen, die als Hilfs-, oder Besatzungstruppen auf fremden Kontinenten eingesetzt werden.

Auch »Tötet ihn!« liegt auf der Linie, die durch mehrere anspruchsvolle Antiutopien vorgezeichnet wurden. Friedrich Leiner schreibt in seinem Artikel über »Apokalyptische Zukunftsbilder deutscher Autoren nach 1945«:

»Daß sich Bruckner als Mittel der Anklage und Warnung im

Gefolge von Samjatin, Orwell und Jens* der Schreckensutopie bedient, tut dem Werk keinen Abbruch. Vielmehr muß der Roman des Österreichers als eine selbständige Gestaltung des Motivs totalitärer Herrschaft eines Zukunftsstaates anerkannt werden. Dies wird vor allem in seiner eigentümlichen Bilderwelt greifbar: die anonyme Macht erscheint in Gestalt eines Kohlenhändlers; der Tod kündigt sich wie in der Geheimen Offenbarung an durch das Erscheinen eines dürren bleichen Pferdes; ein Seiltänzer wird zur Verkörperung des Freiheitsgedankens.«

Es ist der Beachtung wert, wie Winfried Bruckner die schon fast abgenutzten Mittel der Antiutopie in die Katakomben eines von einem Raketenkrieg zerstörten Wien einbringt. Da gibt es alle Requisiten der Kontrolle, der sich in der Werkhalle drehende Beobachtungsstand, die Warteschlangen vor den Absperrungen, den abtastenden Strahl, der die metallenen Ausweisschildchen überprüft. Manches Schreckensbild ist durch die Zeit schon überholt, beispielsweise die Fließbandatmosphäre, in der der Mensch zu funktionieren hat wie ein Automat. Oder sollte es sich auch dabei nur um eine Schikane der unbekannten Machthaber handeln, aus der Einsicht heraus, daß man das Volk beschäftigen muß? Die Frage wird nicht beantwortet, doch das Auftreten von Robotern, die all diese routinemäßig erfaßbaren Handgriffe übernehmen könnten, legt sie nahe. Die Protagonistin der Geschichte unterscheidet sich durch nichts von ihren Arbeitskolleginnen, man könnte eine mit der anderen verwechseln, und genau das – nämlich die Gleichheit vor dem Staat und der Partei – wird auch mit allem Nachdruck gefordert; da ist es schon fast selbstverständlich, daß jede Abweichung bestraft wird und es genügend Möglichkeiten gibt, solche Abweichungen festzustellen. Natürlich besteht Pflicht, jede Beobachtung zu melden, doch erwächst auch diese Maßnahme keineswegs der Notwendigkeit (die Staatsmacht hat genügend andere Mittel der Überwachung), vielmehr geht es um einen Einfluß auf das Denken und Handeln jedes einzelnen, der die Pflicht gegenüber dem Staatswesen stets höher einzuschätzen hat als menschliche Bedingungen, Freundschaft oder Liebe. Nur wenige Stunden dürfen Brautpaare für sich allein in Hotelzimmern verbringen, und selbst dieses scheinbare Zugeständnis an die Menschlichkeit hat nicht zuletzt den Zweck, in der vorgetäuschten Sphäre

* gemeint ist »Nein, die Welt der Angeklagten« von Walter Jens

des Vertrauens den andern auszuhorchen, um ihn melden zu können.

Zu all dem aber fügt Winfried Bruckner sein eigenes Gedankengut hinzu, und genau das hebt das Buch weit über den Durchschnitt pessimistisch orientierter Reißer hinaus. Da gibt es die Züge, die in unregelmäßigen Abständen verkehren, nur kurz an der unterirdischen Station halten, wobei sich oft genug die Türen nicht öffnen. Und doch lagern hier Menschen, von einer unbestimmten Hoffnung getrieben, ihren gefängnisähnlichen Lebensraum verlassen zu können, in die Ferne zu fahren, ganz gleich wohin . . . Da gibt es die Szene des Kindes Mo, das seinen Vater sucht und findet – einen zerbrochenen Menschen, dem man strafweise das Gedächtnis gelöscht hat. Und da gibt es die Beschreibung der Trümmer der alten Stadt, die nun Wohnstätte von Ratten ist:

»Rattengesichter hatte sie oft in Kulturfilmen gesehen, in denen man sie davor gewarnt hatte, zu den Ruinenstätten des alten Wiens hinauszugehen, dorthin, wo die geborstenen schwarzen Kirchen lagen, die heiligen Figuren mit gespaltenen Köpfen, die Zinshäuser, die in sich zusammengestürzt waren, dazwischen Eisenteile, verbogene Träger, lumpiges Kinderspielzeug, zerrissene Puppen und blöd glotzendes Bärengetier.«

Winfried Bruckner liebt die harten Kontraste, in seinem Theaterstück hat er sie vielleicht zu bedenkenlos eingesetzt.

Auch in »Tötet ihn!« treten sie in dichter, schockierender Folge auf, Giftgas, zur Reinigung »verräterischer, schmutziger Wohnungen« eingesetzt, der Absturz des Seiltänzers als Volksbelustigung, die beabsichtigt falsche Computerdiagnose, die den Arzt zum Mörder macht. Dazwischen aber treten stimmungsvolle Passagen, Erinnerungen an eine friedvolle Vergangenheit mit Tieren, die frei auf Wiesen herumlaufen, und es gibt Momente voll von Mitleid und Menschlichkeit, wenn sich beispielsweise Raven, der Arzt, um seine kleine Patientin Mo bemüht. Alles in allem ist »Tötet ihn!« ein Buch, das einen in seinen Bann zieht, das einen bewegt, mitleiden läßt. Überraschend genug, daß es sogar einen positiven Ausgang andeutet. Diese überraschende Entwicklung ist nicht zwingend, und es ist auch keineswegs sicher, daß die verzweifelte Auflehnung gelingt. Und doch ist auch diese Wendung wichtig: vielleicht nur als menschlicher Zug des Autors, der die Entwicklung nicht der Hoffnungslosigkeit überantworten will.

Ist es nötig, ein Buch wie »Tötet ihn!« nachträglich zu interpretieren, auf eine vom Autor vorgenommene soziologische Diagnose abzuklopfen, auf Therapievorschläge hin zu untersuchen? Immerhin – es ist ein Buch, über das man nicht so leicht hinweggehen kann, und Winfried Bruckner ist ein Autor, der aktiv im politischen Leben steht und in der österreichischen Kulturwelt eine entscheidende Rolle spielt. Erst kürzlich wurde er, auf Vorschlag des österreichischen PEN-Clubs in das Kuratorium des Österreichischen Rundfunks/Fernsehens berufen und ist auch als Intendant des ersten österreichischen Fernsehkanals im Gespräch. So mag es durchaus lohnend scheinen, seine Bücher auf seine Meinung hin zu untersuchen. Vielleicht ist jene Passage aufschlußreich, in der Ol seine Geschichte erzählt:

> ». . . vom Sturm der Kohlenmänner, von den großen Feuern, von dem Gemetzel auf Treppen und in dunklen Kellern, auf Bahnhöfen und in den weiten Sälen der Museen, seine Stimme war dunkel und triumphierend, und sie sah wie in einem Nebel die Kolonnen auf sich zu marschieren, lange, schwarze Kolonnen, singend brüllend, mit geöffneten Mäulern, stolz auf ihre Stärke, ihre Schlauheit, ihre Unmenschlichkeit, und sie hörte den Chor, der ohne Unterlaß schrie: Tötet ihn, tötet ihn, heißa, heißa, tötet ihn!«

Vielleicht zeigt sich hier ein Dilemma, in das Winfried Bruckner geraten ist: ein Mann, der sich insbesondere den kleinen Leuten verpflichtet fühlt, der – nicht zuletzt im Rahmen des ORF-Kuratoriums – seine Aufgabe in der Vermittlung der »höheren Werte«, Bildung, Kultur, Kunst, sieht. »Das ist ja überhaupt der Grund«, sagte er einem Reporter der Arbeiterzeitung, Wien, »an dem ich mich orientiere: Fernsehen auch für jene zu machen, die unterprivilegiert sind, schlecht gebildet, aber doch zu gewinnen.« Er spricht davon, Lyrik ins Fernsehen einzuschleusen, und er will sich auch für bildende Künstler einsetzen; sind; er nennt Hausner, Hutter, Brauer, Lehmden, Eisler und Hrdlicka. Er setzt sich für die kleinen Leute ein, in Wirklichkeit aber, und das nicht nur geistig gesehen, hat er längst die Ebenen des höheren Bürgertums, der Intelligenz, der Funktionäre besetzt. Verständlich, daß ihm unter diesen Umständen die alten Klassenkampfparolen sinnlos erscheinen müssen. Wenn sich das in seinem Buch, beispielsweise im oben wiederholten Absatz, auch nur in vagen Andeutungen äußert, so könnte darin doch die Aussage liegen, um die es geht: Die Befreiung der unterdrückten Massen wird nur dann zu einer wirklichen Freiheit führen, wenn die Klüfte zwischen den Klassen überwunden sind.

Herbert W. Franke

Bitte beachten Sie
die folgenden Seiten

Thea von Harbou

Metropolis

Roman

Ullstein Buch 20447

Ozeanische Bibliothek
1984

Irgendwann in ferner Zukunft in der Superstadt Metropolis: Freder, der Sohn des mächtigen Finanz-Oligarchen Fredersen, verliebt sich in das Mädchen Maria, die pazifistische Führerin der unter unmenschlicher Akkordhetze schmachtenden Arbeitermassen. Von ihr beeinflußt, will Freder seinem Vater, dem unumschränkten Herrn der Stadt, klarmachen, daß die in den untersten Kelleretagen von Metropolis schuftenden Menschen seine Brüder seien. Doch der alte Fredersen hat kein Ohr für seinen Sohn. Während Freder sich auf die Seite der Arbeiter schlägt, verbündet sich sein Vater mit dem Wissenschaftler Rotwang. Maria ist für ihn eine Aufrührerin, die es auszuschalten gilt. Das Mädchen wird gefangengenommen und durch einen Androiden ersetzt: Dieser Kunstmensch wiegelt die bisher friedlichen Unterprivilegierten auf. Endlich hat Fredersen einen legalen Grund, gegen die »Revolutionäre« vorzugehen . . .

Hellmuth Lange

Blumen wachsen im Himmel

Roman

Ullstein Buch 20448

Die Sonne ist erloschen. In den Eiswüsten, die die Welt bedecken, leben nur noch wenige Menschen. Sie tragen dicke Schutzanzüge, die einen körperlichen Kontakt unmöglich machen. Als ein Forscher mit primitiven Mitteln Kernenergie freisetzt, entsteht im ewigen Eis eine winzige, warme Oase. Endlich können die Menschen sich ihrer Schutzkleidung entledigen. Doch das, was sie zunächst als Segen empfinden, wird schließlich zum Fluch. Man hat verlernt, miteinander umzugehen und kann den Anblick nackter Körper und Gesichter nicht mehr ertragen. Niemand ist mehr imstande, einen menschlichen Gesichtsausdruck zu deuten. Es kommt zum Chaos. Die letzten Menschen kämpfen den letzten Kampf – gegen sich selbst . . .

Ozeanische Bibliothek
1984

Mordecai
Roshwald

Das
Ultimatum

Roman

Ullstein Buch 20446

Ozeanische Bibliothek
1984

Um die totale Vernichtung der Menschheit durch einen Atomkrieg vorzubeugen, richten die Machthaber eines anonymen Zukunftsstaates tief unter der Erde Überlebenskavernen ein. In einem dieser völlig autonomen Bunker – der Ebene 7 – lebt zusammen mit 499 weiteren Männern und Frauen der Knopfdruckoffizier X-127. Man hat ihn und die anderen mit Vorräten für 500 Jahre versorgt. Der Auftrag dieser Mannschaft: überleben, und wenn alles vorbei ist, an die Oberfläche zurückkehren und den Feind ausradieren, so tot die Welt auch sein mag. Über tausend Meter unter der Erdoberfläche warten X-127 und seine Kameraden auf den Ausbruch des Krieges. Als es soweit ist und aufgrund eines Versehens das nukleare Inferno ausbricht, müssen die Bewohner von Ebene 7 erkennen, daß es auch für sie keine Überlebenschance gibt . . .

»Man sollte diesen Band all den raketenprotzenden Staatsmännern in Ost und West als Pflichtlektüre in die Hände drücken.« RIAS Berlin